鬼ヶ島戦記

― Record of Onigashima War ―

最上 終
Mogami Shu

風詠社

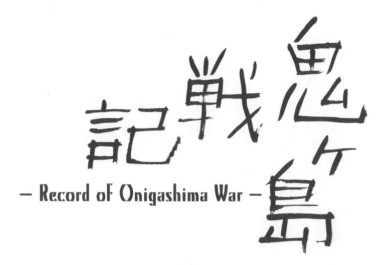

目次

序章 …… 7
第一章　兆し …… 16
第二章　享楽絵図 …… 55
第三章　戦場に咲く花嫁 …… 97
第四章　降誕を悟る花婿 …… 143
第五章　真理への統一 …… 183
第六章　最期の晩餐 …… 234
鬼ヶ島戦記 外伝　第一部　血族の呪詛 …… 271
鬼ヶ島戦記 外伝　第二部　名家廃絶の乱 …… 285

鬼ヶ島戦記

—Record of Onigashima War—

装幀　２ＤＡＹ
装画・挿絵　Ｉｒｉｓ

序章

朝靄に差し込む陽光、海から立ち昇る天の架け橋。

暖められた海面から幻想的な霧が沸く。

ラプテフ海、極点に程近くひっそりと浮かぶその孤島は薄っすらと見え隠れする二つの頂から【鬼ヶ島】と呼ばれていた。

東西に9キロ、南北に15キロ、周囲52キロのこの島はおおよそ人が住むには適さない環境である。一年の内、最も温かい時期でも氷点を上回る事は極稀で冬には氷点下50℃まで下がるため気温の幅が非常に大きい。

島の頂は二つ共に厚い氷に覆われ中央から分断するよう塀が建てられていた。

島の南東エリアでは一年中ボイラーや金属音が鳴り響く半面、北西に位置する島の反対側は黒く高い塀に閉ざされたまま沈黙していた。

南東エリアは大きく三つに分けられる。

島の低い位置、港から一帯が工業エリア、大きなドックには戦艦のパーツと思われる重厚な機銃などが運び込まれ、昼夜問わず作業が進められている。

港付近には巨大なアームを積んだ船や軍艦が停泊し補給を行っているようだ。

反対側のヘリポートには輸送機や戦闘機、補給物資が積み込まれた幾つものコンテナが並んでいる。

島の中腹に密集しているコンクリート製の小さな建物と、それを囲うよう海面に背を向けたくの字型の大きな建物が居住区エリアだ。くの字型の建物は一見廃墟のようにも見えるが地下二階、地上七階建てになっていて軍属の兵士たちが集い高めあい、やがて潰えるまで過ごす家でもあり【モイドム】と呼ばれ親しまれている。

内側の低い建物には飲食店や幼児の育児所などが立ち並び中央の広場には四枚の石板が重々しく向き合う。

広場の端にある櫓は兵士たちに出動を伝える役割を担っていた。

広場を抜け少し山道を登ると大きな二つの支柱に支えられた門が見えその先が島の司令部だ。この司令部には軍の将校以上でなければ立ち入ることが出来ない。そのため兵士たちの多くは普段近づくことがない。

各エリアは島の左右いっぱいまで広がり、どちらも高く大きな黒い塀で行き止まる。

島の反対側は【禁止エリア】と呼ばれ、劣悪な環境下のため非常に危険であり故に立ち入ることが軍の条例で堅く禁止されていた。

万が一条例を破った場合どのような処罰を受けるのか記載はされていないが、そもそもこの塀は登るにしてはあまりに高く凹凸もない。

壊すにしても軽く触れただけで、その重厚感が伝わってくる。

工業エリアから小舟を出して覗きに行った兵がいるそうだが、なんと黒い塀は海岸沿いからそのまま島の反対側をぐるりと囲っていたそうだ。

あまりの異様な光景と中は視えなくとも伝わってくる刺すような空気感にその兵は恐怖を覚え、急ぎ引き返して来たのだという。


島の名前にちなんでか、司令部の最高責任者パイモンは【青鬼】の異名を持ち兵士たちから怖れられているのだ。僅か二万五千の兵だが、この一団は皆一様に青を身に纏い【渾沌を鎮める青鬼】として青鬼を讃え、青を掲げる。

【青軍】とも呼ばれ、世界各地の紛争を鎮めて周っている屈強な兵士たちの集団なのだ。

【青軍】と呼ばれるのにはもう一つ理由がある。

戦場にて暴れまわる敵の兵士たちが皆、赤をその身に纏っているからだ。

必然的に敵である彼らを【赤軍】と呼ぶようになり、同時に敵を指揮する最高司令のモラクスには【悪虐で染める赤鬼】と異名がついた。

どちらの鬼も、戦場では名前に劣らず、相手方の兵士たちへ充分過ぎる程の恐怖を植え付けたと島の教本に記載がある。

青軍の兵士たちはいわゆる戦争孤児が多く殆どの兵が親を知らずに物心ついた時からこの島で暮らしていた。

国も人種も関係ない、ただあるのは【青軍】としての仲間意識だけだ。

島に来た年齢にもよるが、七歳までは島の中腹にある育児所で育つ。

オリビア先生というふくよかな体つきの心優しい先生を皆母親のように慕った。

八歳になると学問を学ぶため、【モイドム】に居住を移す。モイドムの地下一階部分が住居兼学校になっているのだ。

一度モイドムに入ると、無事全ての過程を修了するまで建物の外へ出ることは決して許されない。モイドムの一フロアで学問を四年間十二歳になると武術を三年間、計七年を過ごすことになる。

学問を担当するソフィア先生は華奢でたなびく金色の髪が美しい生徒たちの憧れの的だが、武術を担当するエヴァ先生は女性でありながら少将まで出世しただけあり、非常に厳格でソフィア先生と並ぶと同じ女性とはとても思えない程だ。

エヴァ先生も青い目が印象的な線の細い美人なのだが武術の三年間指導時において雑談は一切禁止されていて厳格な印象だけが鮮明に焼き付けられた。

最後に紹介するのは、エヴァ先生と同じく武術を担当するヴァサゴ先生。

先生改めヴァサゴ中将はこの島で育った子供たちが初めて目にする厳格な男性だ。

イラスト／ Iris

奔放に育ってきた子や、暴力には気後れしてしまうような子でさえも皆ここで初めて戦争の厳しさ、礼節、武術、人の殺し方を身体に刻み込まされる。

十二歳からの三年間は非常に厳しく、約半数が訓練中に命を落とす。

残った内、一割程の主に女性は島での給仕や救護班、支援係に回され実際に兵士として晴れて青の制服に袖を通せるのは、半数に満たないのだ。

毎年三十名ほどが十五歳の壁を越えるため挑むが第61期、今年の生き残りは僅かに十三名。

二人は給仕及び雑用係りに回されたため兵士としては十一名が無事に青を身に纏うことになった。男が九名、女が二名。この中でも特に訓練中秀でた成績を収めた男女の一名ずつは、あまりの武術の才に同期から怖れられ、早くも通り名で呼ばれていた。

訓練中の事故で片目を失いながらも圧倒的な剛腕と武術の才で授業を席巻し、他の追随を許さなかった【隻眼】。

華奢な女性ながらも類い稀な体幹と武術の才で訓練中一度たりとも敗北を経験しなかった【鬼女】。

この二人は同期に未来の将校候補などと呼ばれるだけでなく教官からも一目置かれる存在であった。

同期の死を横目に、晴れて七年間を修了出来た訳だがこれが終わりではない。ここから兵士として終わりのない戦争という地獄の日々が始まるのだ。

ほら今日も出撃の警鐘が鳴り響く。

——序章　完

鬼ヶ島　青鬼軍

（最高司令）パイモン大将

- ヴァサゴ中将
  - エヴァ少将
  - ソフィア大佐
    - オリビア少佐
- デュナミス中将
  - （空軍）紫伝少将
  - （海軍）ゾーイ大佐
- ドミニオン中将
  - 〈突撃隊〉
    フローレンス大佐
    - オードリー中佐
    - アルマ少佐
    - フラカン大尉
    - オセ少尉
  - 〈鎮定殉葬〉
    レオン大佐
    - エマ中佐
    - レイ少佐
    - カミーユ大尉
  - 〈青の戦士〉
    アレックス大佐
    - ハーパー中佐
    - グレース少佐
    - アベル大尉
  - 〈特務精鋭部隊〉
    イーライ少将
    - （S−1）カイン大佐
    - （S−2）ヴィクトリア中佐

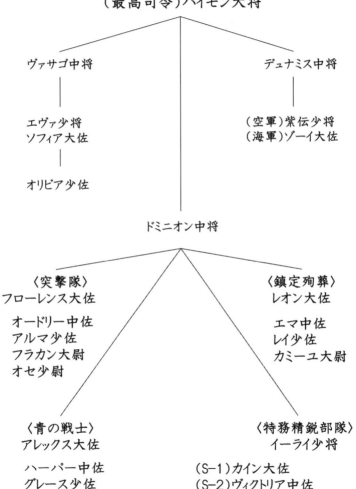

鬼ヶ島　赤鬼軍

（最高司令）モラクス大将

ガミジン中将

ティラワ少将

アーク中将

（海軍）ヴァーチュース少将
（空軍）アルケー大佐

ザガン中将

＜赤い悪魔＞

スローンズ大佐

ライリー中佐
タナトス少佐

＜達磨隊＞

クリーブ大佐

ベリアル中佐
シバルバー少佐

＜紅炎隊＞

セラフィム大佐

イザベラ中佐
マチルダ中尉

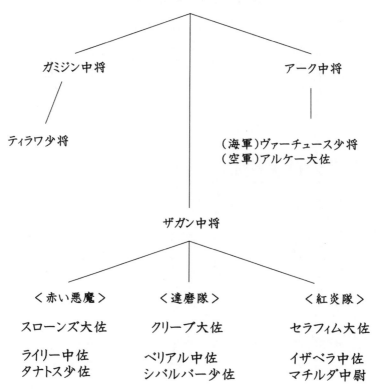

第一章　兆し

第61期修了生、32号０４７４番前へ。

「はっ。」

訓練生時代【鬼女】と呼ばれた私だが、意味はどうであれ自分の事を示す何かで呼んでもらうということに言いしれぬ感動を覚えたのは確かだ。

物心付いた時から育ったこの島だが、なぜ番号などで呼ぶのだろうか。

オリビア少佐もソフィア大佐も、エヴァ少将やヴァサゴ中将だってみんな呼称される名前があるじゃないか。32号０４７４番。何の感情も抱けない、これが私を示す名前だった。


この島では識別番号と呼ばれる、それぞれ固有の番号を持っておりそれが即ち名前と同義になっている。出生地である拾ったエリアとそのエリアでの拾われた順に番号が定められていると教えられた。左胸には焼印が付けられており、幼い頃あまりの痛みで散々暴れて泣き叫んだことを今でも覚えてる。

同期であった残りの十七名たちが受け取ることの出来なかった修了証。モイドム三階の会議ホールを出ると、廊下の窓を勢いよく開けた。凍てついた風が鼻を刺す。眼前に広がる黒い圧迫感、手に持った紙切れを一瞥しぐしゃぐしゃに丸めると、そのまま窓の外へかなぐり捨てた。

階段を下り実に七年振りの外へと足を踏み出す。深呼吸しながら緩んだ頬を直し空を見上げると時折雲間から差す強い光に思わず目を覆う。大きく伸びをし育ての母であるオリビア少佐に会うため島の育児所へと向かった。

「オリビアせんせーい」

思わず少し高くなったキーと緩み切った唇を噛みしめながら懐かしの育児所を覗き込む。

「あらー、あの赤毛ちゃんね、こんなに大きくなって。厳しい訓練大変だったでしょ」

心の底から安堵できる、とても心地よく優しい声だ。

「ううん、大丈夫。辛い時もそりゃああったけど、強くなったよ」

何年振りだろう、心の底から甘える様に笑顔で応えた。

「今日は久し振りにゆっくりしていって。ほら、赤毛ちゃんの後輩たちよ」

そう言って指した室内には、無邪気にじゃれ合う五歳から七歳位までの無垢な子供たちの姿。なんだか愛おしく思え、同時にこの先モイドムで味わうであろう酷い苦痛をこの子たちも知ることになるのかと思うと切なくなる。

子供たちが遊び疲れたのか寝始めた頃、なんだか外が騒がしい。一年の内でただ一日、修了式のこの日だけは生徒でも兵士でも無い自由な時間だ。きっと同期の男たちだろう、室内の窓から外を覗くと中央広場にある石板に向かって数人が何か叫んでいる。

安全ロックがあり10センチ程しか開かない窓に耳を傾けてみた。どうやら男たちは決起大会のようなことをしているようだ。

公園にある四つの石板、正しくは【英俊豪傑の座標】という何とも重々しい名前がついており、それぞれ四つの石板に英俊豪傑の一字ずつが左上に刻まれている。

【英】は万人に一人、【俊】は千人に一人、【豪】は百人に一人、【傑】は十人に一人。

といったように格付けがなされ過去に散っていった英雄たちの功績と成果を讃え、後世にその名を刻む為にあるのだそうだ。男たちが好きそうな事だ、と溜息を吐きそっと窓を閉める。

鼻と口に違和感を覚え目を開けるとニタニタと笑う無垢な二つの瞳と目が合い危うくおもちゃを詰め込まれる所だった。どうやら眠ってしまっていたらしい。窓にこびりついた霜を擦り、外に目をやると広場が朝靄に包まれている。

「今日から、兵士か。」

明けていく空へ物憂げに呟くと不意に後ろから鍵を開ける音がした。

「あら赤毛ちゃん、おはよう。ちゃんと寝れた？」

オリビア少佐が優しく微笑む。

「せんせーい、おはよう。気付いたら寝ちゃってたみたい」

オリビア少佐と話していると童心に帰るのか、どうしてもキーが高くなりつい甘えた様に喋ってしまう。

「ちゃんと寝れたなら良かったわ。この部屋は一番暖かいからね。入隊式七時からでしょ？遅れちゃだめよ」

「はーい、分かってるよー。ちょっとお散歩」

そう言うと感慨深く部屋を出る。

この育児所の子供部屋は外から鍵を掛けられるよう二重扉になっている為子供たちが脱走する、なんて事は出来なくなっているのだ。部屋を出ると隣にはオリビア少佐の部屋があり昔に一度だけ入らせてもらったことを思い出した。部屋を出て目の前にある玄関の扉を開くと
「ううっ、寒っ」

霧の粒子がまるで氷の刃のように口内へ入ってきた。喉に刺さったかと思うと刃たちは唾液に溶け込んでゆく。

徐に広場の石板へ向かうと誰かがいる。

「おう、鬼女か」

先客に気付かれてしまった為、引き返す訳にもいかず
「何だ、隻眼か。昨日もなんかワーワー騒いでなかったか？」

ぶっきらぼうに投げかける

「何だとは何だよ、相変わらずキツイ女だ。あれは青鬼様へ忠誠を尽くす儀式みたいなもんだ。いずれ必ず青軍に大きな戦果をもたらし俺の【命《な》】をこの石板に刻むんだ。」

誇らしげに答える隻眼に対し、不機嫌そうに
「くだらねー、興味ないね私は」

そう言うと踵を返し、育児所に戻った。

この島には色々と面倒な条例がある、例えば名前だ。

基本的に識別番号がそれにあたるのだが十五歳から兵士になり三年間十八歳まで生き永らえることが出来れば、軍規第4条53項【死刻条令※】によりその者に名前を名乗る権利【命成権《めいせいけん》】が与えられるのだ。さっきの馬鹿が言っていたこと、つまりは命成権で得た自分の名前を刻むということ。

「馬鹿がっ」

呟くと、舌打ちをしながら島の頂を睨む。なんで自分の【名前】を得るってだけでどんだけの苦労しなきゃなんねーんだよ。なんで死んだ後の評価なんかが欲しいんだよ、あの馬鹿は。死んじまったら全部終わりだってのに。転がっていた空き缶を蹴飛ばした。

※【死刻条令《しこくじょうれい》】
定められた兵士は満十八歳を迎えれば命成血記《めいせいけっき》の儀を執り行うことで命成権を得る。この命成権を保有する者が死亡した場合、英俊豪傑の座標としてその名を記さなければならない。

その際序列の決定は将校五人以上の決議によってのみ定めるものとする。

午前七時ちょうど、入隊式が始まった。仰々しい隊列の先頭に並ばされた61期生の十一人。それぞれの配属がこの場にて決定される。

キラキラと羨望の眼差しを向ける馬鹿な男どもを横目に、顎を引き静かに溜息を零す。隣にはもう一人同期の女の子が居るのだがあまり顔を向けると上官に叱られるため角度的に表情までは窺えない。

隊列に向き合うように並んでいる各隊の指揮官たち。中央の台座には年に一度この時にしか拝めないであろう青鬼と呼ばれる大男が鎮座していた。

恐らくどれほどに息を巻いて怒気を強めようともこの男に一睨みされたら大抵の人間は竦み上がってしまうだろう。それ程に迫力のある恐ろしい出で立ちと鬼と呼ばれるに相応しい顔立ちをしていて教本で見るのとでは迫力が違った。

青軍には全部で六つの部隊がある。

艦隊を率いるデュナミス中将の下に【紫伝駆逐艦隊】の紫伝少将。背が高く細身で、整った顔立ちだが非常に鋭い眼つきをしている。

そして【デュナミス爆撃隊】中将の名を冠するこの部隊は青軍の主砲とも言われており、主力部隊の筆頭でもある。部隊が大きくゾーイ大佐と共に陣頭指揮を執っている。

二人とも背が高くなかなかのイケメンだが、間違っても頬を緩める訳にはいかない。【ドミニオン突撃隊】ここは絶対に配属されたくない部隊だ。全部隊中最も戦死者が多く、有事には必ず先陣を切ってその名の通り突撃していく地上部隊だ。この部隊を率いているというだけあってか部隊長フローレンス大佐の顔は傷だらけ。他に正装は無いのだろうか、逞しい体つきを誇示したいのか制服はズタボロで、そこら中が破れて肌が露出していた。名前を冠しているドミニオン中将の姿はどこにも見当たらない。【青の戦士】と呼ばれるアレックス大佐の部隊。髪をとかす暇もないのだろうか剛毛で堅そうな金色が好き放題に暴れている。

各部隊の主要目的は以前に授業で受けたはずなのだが一体突撃隊と何が違うのか、制服以外に違いを見つけられない部隊でもある。ここにも配属されたくはない。

馬鹿みたいな肉体派はおらず女性の上官が多いのが特徴だ。クールな制服でスマートに戦場を制する鎮圧部隊。部隊を指揮するレオン大佐のカッコ良さもあるが何より制服がカッコ良過ぎる。各部隊で制服がそれぞれ異なる訳だが、この部隊だけはセンスが良過ぎると思う。【鎮定殉葬】ここは私の第二希望。

最後は【S隊】と呼ばれる特務精鋭部隊。

制服がカッコ良い事はもちろんだが、どちらかと言えば授業で習った礼装に近い。何をする部隊なのか唯一非公開ではあるが、好奇心が掻き立てられる。

S隊はS1とS2に分かれておりイーライ少将という女性将官の下それぞれカイン大佐とヴィクトリア中佐が指揮を執っている。部隊長が女性ということもあり、ここが私の第一希望だ。思わず着こなす自分を想像し、込み上がる高揚を拭う。

ヴァサゴ中将の形式的な部隊紹介が終わり、いよいよ青鬼が口を開く。それまで多少浮ついていたのであろう心を、まるで見透かしていたかのように一気にその場の空気を締め上げた。特に厳しい口調を使うでもなくただ淡々と話しているだけなのだが、青鬼の発する言葉の一つ一つには重みがあり、脳内に直接語りかけているのかと誤認するほど鮮明に言葉が焼き付いた。

いよいよ部隊が決まる。

「15号0351番、前へ」

レディ・ファーストでか右隣の女の子から前に呼ばれ、鼓動が逸る。

「アレックス部隊、青の戦士」

少し気弱なタイプだったと記憶してるが、果たして彼女は大丈夫なのだろうか。

「32号0474番、前へ」

もう私が呼ばれてしまった

「はいっ」

鼓動がうるさく、心臓が耳にあるのかと思う。

「レオン部隊、鎮定殉葬」

やったー、思わず緩みそうになる頬と唇を噛みしめ堪えると心の中で拳を握りしめた。最高に嬉しい気分だが、ふと自分で思うことではないが、と前置きし61期生の中では一、二を争う序列であったと自負している。

その私が選ばれず、それでは【S隊】という部隊には誰が選ばれるのだろうか。次第に落ち着きを取り戻した鼓動の中そんなことを考えていた。

「15号4525番、前へ。フローレンス隊、ドミニオン突撃隊」

「61号0421番、前へ。フローレンス隊、ドミニオン突撃隊」

「41号0474番、前へ。紫伝隊、紫伝駆逐艦隊」

一向に呼ばれる気配は無い。私が思うに、それぞれに見合ったというか適切なイメージ通りの配属だった。意外性が無いというか。

だからこそ【S隊】という部隊に配属されるのは誰なのか、もしや居ないのか。もし居るのなら私は負けたということなのだろうか。

気付けば決してS隊という部隊名が呼ばれないことを願う自分がいる。

「デュナミス爆撃隊。突撃隊。青の戦士。突撃隊。鎮定殉葬。」

基本的に各部隊に一人から二人の配属。戦死者の多い突撃隊のみ、厚めの補充と言ったところだろうか。

いよいよ次で最後。もし仮にあり得るのならば【隻眼】のコイツだろう。

「80号0096番、前へ」

暫く続いていた同期の中でも、隻眼を示す識別番号には昔から何か違和感を感じていた。

「イーライ特務精鋭部隊、S2」

聞きたくなかった。嫉妬心といえばそれまでなのだが実力が拮抗していたと認識している隻眼のアイツが、暑苦しく夢を語るアイツが、S隊。正直負けた気がした。自分自身入りたいと思っていたレオン部隊に配属されていながら、しかし謎の多い特務隊が何故か一番に思え、その部隊に配属された隻眼を憎くすら思えてしまう。

入隊式が終わるとモイドム内にある各部隊の詰め所兼、家に案内され遂にあの制服を支給された。と言っても制服が無造作に山積みにされた部屋の中から自分に合った服を選ぶだけだが心が躍るようだった。この使い回しの戦闘服は命成権を手にすることで自分用の制服を新調してくれるそうだ。

レオン部隊は地上七階部分のフロアで、私が与えられた部屋はもちろん相部屋だが所謂、最上階南向き角部屋。最奥の日当たり良好な物件だ。ただし部屋までの道のりは非常に長い廊下を進まなければならない。

後から聞かされた話によると新兵が万一にも逃げ出せないよう出入り口から一番遠い部屋に割り当てられるのだという。どの道この島には逃げ場なんてものは初めから無いってのに。

レオン部隊は全体の中でも総兵数が最も少なく、その数約三千人を下回る。お陰で一つのフロアしか割り当てが無い分、いくらだだっ広い建物であるとはいえ一部屋に二十人から二十五人が詰め込まれて生活していた。

もちろんこれも出世すれば解消される、新兵はまず生きて帰ってくることが仕事だ。

下階の会議場を含めた三階から六階までがデュナミス中将の空軍部隊と海上部隊が住まうフロア。一階の一部と二階までがアレックス大佐率いる部隊のフロアだ。

ドミニオン突撃隊と言われる肉体派の馬鹿どもは一体何処を根城にしているのかは知らないがモイドムの中では無いことを願うばかり。S隊についても判らない。隻眼のアイツは何処に……、いやそんなのどうでもいい事だ。

初めて着る軍服、同部屋の先輩に教わりながら身に纏うと次第に気分が高揚していく自分がいる。同部屋の中には当然男も居るのだが、幸いにもこの部屋は女性比率が高く簡易的に紐と布団カバーで区切られた室内はまるで小さな鬼ヶ島のようで少し微笑ましく思えた。

初めて纏う軍服の重圧に思わず背筋が伸び、同時に形容し難い感覚に身が引き締まる。角の割れている小さな鏡の前で静かに覚悟を自問自答する。

その時、けたたましく広場の櫓から島中に警鐘が鳴り響いた。32号0474番、十五歳、女、名前はまだ無い。いざ初陣へ。

ほんの数分前に決めた覚悟は一体どこへ行ってしまったのか。慌ただしく支度に奔走する先輩たちや上官の姿。耳が痛い程の爆音で真上の屋上から次々と発着する輸送機の音。緊張でもう吐きそうだ。流れに身を任せ押されるように乗り込んだ輸送機には同部屋の先輩が一人居たようで最初は気が付かなかったが、極度の緊張に身を強張らせていた私の横に座り肩を抱いてくれたのだ。異性だったら間違いなく惚れていたな。

この方は確か私の二つ年上で、あと一年で命成権を得られると言ってたっけ。今の私からすれば大ベテランのその先輩が耳元で明るく優しい口調で話してくれた。

「大丈夫よ、この機体はＣＨ―47といって小型の部類の輸送機なの。今回はそんなに大きな戦争じゃあ無いと思うわ」

実際のところ戦争の規模は判らないが、この言葉にどれほど救われただろう。

「あっ、ありがとうございます」

やっと外の景色を見る余裕が出てきたが、生憎窓の先には雲がひしめき合いどんよりとした色だけを主張していた。


着陸が近いのか前方に座っていた一人の女性が立ち上がり号令を出す。

武装の最終確認を促すこの方はエマ中佐だ。二十代半ば位だろうか、落ち着き払いチェッコ式軍帽を取ると、さらりと艶やかな黒髪が肩口に垂れる。左右に首を捻り髪を結い直す仕草は男でなくとも魅力的に感じてしまう。

透き通るような冷たい瞳と良く通る声だ。エマ中佐の合図で点呼が始まった。慌てて隣に合わせるものの一拍間が空いてしまい中佐と目が合う。粛清を覚悟したが一瞥するに留まり、お叱りは受けなかった。

ほっとするのも束の間、間も無く爆発音や銃声が聞こえてくると中佐が扉を開き大声で叫んでいる。

あまりの騒音と初めて入ってくる情報量に耳が追いつかず良く聞き取れない。次の瞬間中佐が開いた前方の扉から先輩たちが次々に外へ飛び降り落下して行く。そのスピード感にとてもついては行けず、間を空けてしまった。

後ろに控えていた同部屋の先輩が追い抜きながら私の腕を引いてくれてそのままの勢いで私ごと外へ飛び出す。

一気に血の気が引いたが、ぐるぐると回る世界の中で輸送機の下にぶら提げられた戦車や物資などが見えた、輸送機にはそんな使い方もあるのだと初めて知る。

気付くと回転は止まり先輩が私の身体に腕を回す、と急にグンっと後ろに引っ張られるような感覚と共にパラシュートが開かれた。

一体どこまで優しい方なのだろうか。モイドムに帰ったら、伝えられるだけの感謝を伝えようと決めた。先輩は眼前を通り過ぎ、私の少し下でパラシュートを開く。間も無く地面へ着地の体勢を取りながら、何だかホッとして先輩の表情を伺おうと首を傾げたその時、鈍い音と重なりながら連射される金属音が視界を打ち抜く。

一瞬だったが赤く飛び散る鮮血が見え、続いて前のパラシュートが萎みながら速度を上げ降下していく。先輩のパラシュートが視界から消えた。次の瞬間にはもう目の前に地面が広がり、受け身を取り切れず転がりながらも何とか無事に大地へ降りることが出来た。

せわしなく進む展開に焦り、体に絡まったパラシュートがなかなか外せない。頭上には何機もの輸送機から降り立つ仲間たちのパラシュートが見える。こんな所で遊んでる場合じゃない。

何とか絡みついた紐から逃れると立ち上がり数歩進んだ所で奮い立たせたばかりの心が容易

くへし折られた。

　同部屋の先輩で軍服の着方に始まり輸送機では心を落ち着かせてくれた。何より私のパラシュートを引き最後まで気遣ってくれていた十七歳の結末はあまりにも残酷過ぎる。

　さっきまであれ程頼りがいのあった先輩は最早、見る影もない。地面に叩きつけられたのか本来あるはずとは真逆を向くひしゃげた血みどろの顔が私を見ていた。

　銃弾により貫かれた鮮血は未だ顎のあたりから滴り続け凄惨たるその光景は発狂する前に精神の許容を軽々振り切ると私は力無くその場に腰から崩れ落ち、暫く気を失ったようだ。

「おい、大丈夫か、返事しろ。おい、しっかりしろ」

　乱暴に揺すられ目を覚ますと薄っすらと男性の横顔、どうやら抱えられているようだ。

　朦朧とした揺れる意識の中、雑に紐で括られ抱きかかえるようヘリに乗せられる。身体には力が入らず、なされるがまま人形になったような感覚だった。

　気が付くと薄汚れた天井が見え次第に意識がはっきりしモイドムに帰って来たことを実感した。

「怪我人は腐る程いるんだ、目が覚めた奴はとっとと出ていけ」

　どうやら一階にある救護室らしいその部屋で飛び交う怒号を聞くや否や本能的に瞼を閉じたが、やはり恐くなるとまるで今目覚めたかのように振る舞い軽く頭を下げたのち医務室を出た。情けない。次第に蘇ってくる凄惨な光景と、過信していた自身の自信が崩壊していく。

　階段を駆け上がりながら堪えきれない悔しさが溢れ、止め処なく頬をつたい落ちた。自室に辿り着くまでに長い廊下で何人と肩がぶつかったのだろう、ろくに謝罪も出来ず下を向いたまま足早に駆け抜けた。

何度も頬を拭い呼吸をなだめると、ゆっくり部屋に入る。すると驚いたことに同部屋の皆は何ら変わらない様子で賑わっており私に気付いた女性の先輩たちが近寄って話しかけてきた。

「初陣、どうだった？　怪我はもう大丈夫？」

「戦果は挙げられた？」

心境とは裏腹、あまりに明るいその場は強烈な違和感しか感じることが出来ず先輩たちの笑顔が、より一層恐怖と苛立ちを掻き立てる。気を抜くとまた溢れそうになる悔しさを必死に堪え、無言のまま布団に突っ伏した。

「何なの、気を遣ってあげているのに」

「やめなよ、今日はもういいじゃん」

耳なんか取ってしまいたかった。


翌日先輩たちにしっかりと謝罪をし改めて先日の戦争について尋ねてみると私がどれだけ幸運に恵まれていたのか痛い程よく分かった。まだ初陣たったの一回目だというのに。あれだけの苦労を耐え凌いできた私たち第61期生は、私以外全員が死んだそうだ。ただでさえ少ない入隊数と生存者数から、私たち61期生を総称して【不作の年】と言い放たれた。

見渡してみると初日に混み合っていた、この部屋でさえ数人減っているように思う。ああそうか、あの先輩が代わりに死んでいったのか。あと一年だったのに。前に広場の石板を初めて見た時思った。正直一番下の【傑】の称号に対して、ただ十八歳まで生きてれば嫌でも刻まれる程度のものをどうしてこうも仰々しく記す必要があるのかと。たった三年間生きてれば命成権がもらえて、その後すぐに死んだって刻まれる程度だと。

そんな風に思った自分が如何に甘い考えで戦争というものを舐めていたのか痛感し、激しく自分を責め立てる。三年間生き延びる事がこんなにも遠いのか、あれだけ誇らしげに語っていた【隻眼】や同期の奴らが、たったの一人も生き延びる事が出来なかったのかと。何よりこんな自分が生き延びて良かったのかと。

ふと我に返ると先輩たちが慌ただしい、次第に閉ざしていた耳に音が戻ると島中に出動を告げる警鐘が鳴り響いていた。喪に服す暇すら与えてくれないのか。

「新兵何やってんだ、早く支度しろ」

男性の先輩兵士の怒号に思わず睨んで返すが、軍人なのだ。これが軍人なんだと頭では理解できている。

眼つきに気付いた他の先輩兵士に頬を後ろ手で思い切り叩かれ体重の軽い私は一メートル程後ろの壁まで吹き飛んだ。

「何だその眼は、早く支度しろ」

痛みと悔しさを噛みしめながら装備を身に着け屋上へ向かう。じんじんといつまでも粛清の残像が疼いた。

入隊式からまだ数日で二度目の出撃。こんなにハイペースで戦地に行くのならば生きていることがもう奇跡だ。屋上に着くと四つ角にロープが付けられた戦車や物資が等間隔に並べられている。端の輸送機から兵が搭乗し終えた順に二メートル程浮き上がると機体の下の腹の部分にそのロープの先を固定し下の兵士の合図で輸送機は高く高く飛び上がっていく。

私の番だ、輸送機に搭乗する、前回と同じ確かCH—47とかいうやつだ。機内で両側面にあるベンチに腰掛けながら表情は変えず心の中でだけ矛先の解らないこの現実を睨みつける。

やがて重火器の音や爆発音が近づくと前方に座っていた女性が立ち上がり装備の最終確認を促す。あの人は確かレイ少佐だ。いくつ位の人なんだろう時折見せる横顔なんて十代なのではないか、とさえ思う細身で童顔な女性だ。

しかし、レイ少佐の号令には何かこう言いしれない迫力があり、覚悟が決まった。もうあんな思いはしたくない。敵の顔を拝めもせずに死ぬなんて絶対に嫌。何かがスッと舞い降りてきた感覚、背筋が伸び小さく自分に頷きながら今回は大丈夫、今回はやれると繰り返す。

レイ少佐が前の扉を勢いよく開き前方の兵士から順にテンポよく降下していく。私の番だ、大丈夫、行ける、まるで腕を導かれる感覚で外へ飛び出した。飛び降りる瞬間、少佐のウインクが印象的で純粋に素敵な女性だと思う。

今回は落ち着いて体勢を整えると、しっかり自分でパラシュートを開き辺りを見渡す。まだ少し距離があるようだ。手前の短い林の先に、土煙の市街地が見えた。視認出来た前線は昼間だというのに空間が明滅を繰り返しそこら中から黒煙が天まで昇っている。

初めてうまく着地ができたと口角を上げパラシュートを外し、辺りの様子を伺う。同様に左右から他の兵士たちが列を成し一人分左前方を進む兵士が腕を挙げたり振ったりする合図に合わせ隊列は見事にシンクロしていった。なんだろう、込み上げるこの不思議な高揚感は。

隊列の右前方から不意に
「達磨だ、達磨隊だ」

隊列が林を抜けようとした矢先、悲鳴にも似た男性の金切り声と共に右前方の林から這うようにして兵士が近付いてくる。

直後、這う速度に合わせ林の中からゆっくり近づく大柄な赤と黒が目に入った。異様な姿だ。二輪車のヘルメットのような黒いフルフェイスマスクと黒い腕に黒い脚。胴体は真っ赤な鎧のようなものを身に着けている。その色と出で立ちから発せられる畏怖の念、こいつが【達磨隊】というのか。兵士として見るには、あまりに違和感があった。

本来持っているであろう重火器の類いは一切所持しておらず右手に唯一持っているのは恐らくククリナイフだろうか。

刃渡りが長く大きな刃が血の雫を滴らせながら鈍く光を反射している。

這ってきた兵士の血であろうか、兵士の全身に目を落とすと上半身から下に伸びているはずの脚が一本付いてない。

この兵士は私に何をしろと、こんな私に何ができると言うのか。たまたま目が合っただけなのかもしれないが苦悶に満ちた両の眼差しが助けてくれと、訴えかけている。

するとダ達磨が右腕を大きく振りかぶり兵士の残された脚目掛け振り下ろす。濁音の付いた鈍い音、鳥肌が立つ男の叫び声。達磨の脚が兵士の鮮血で染まってゆく。

狂ったような光景に身動きが出来ない、その時後ろから複数の銃声が鳴り響いた。後続の兵士たちが達磨目掛け斉射している。

「そこの君、どいてくれ」

悪意を感じない中低音の声に身を屈めながら振り向くとカミーユ大尉がゆっくり歩いて近づきながら冷静にショットガンのような大型の銃器で達磨を射抜く。

後退りしながら再び視線を達磨に移すと見事なまでに両膝、肩、頭を捉え糸の切れた人形のように達磨の兵士は崩れ落ちた。

私の隣に着いた大尉は銃を降ろすと、頭を押さえ屈んだままの私に手を差し伸べる。

「大丈夫か？」

優しく問いかけてくれた。

「は、はい、大丈夫です」

差し伸べられた手を掴むと立ち上がり前を見据える。

「君のような女の子を前線に向かわせなければならない。こんな軍の現状を許しておくれ」

後光が差しているかの如く神々しさに包まれた柔らかな口調に
「ぜ、全然、ありがとうございます、頑張ります」
咄嗟に出た言葉は、自分でも何が言いたいのかよく分からなかった。
「今回は前回の残党狩りだ、僕の後ろに付いておいで」
「はい！」
力強く答えると、大尉の後ろに隠れるようにして進んだ。
特に大きな体格をしている訳でなく、どちらかと言えば細身の大尉であったが存在感からか
やたらと逞しく大きく頼りがいがある背中だ。
市街地が見えてくると林を抜ける間際、屈んで様子を伺う。左右と後方には大尉に合流した
頼もしい仲間の兵士たちが合図を待ち待機している。
大尉が手のひらを挙げ水平に前を指すと左右に分かれていた数人の兵士たちが一斉に飛び出
し、視界を遮っていた手前の建物に飛び込んでいく。数秒の銃声のあと兵士が建物から出てき
て手を掲げ、クリアの合図が出た。
「大丈夫？　行くよ」
私は頷き大尉に付いて市街地へ踏み入る。
手前から順に建物を制圧し冷静に歩を進めていくその様は実にクールでこの部隊が掲げる鎮
定殉葬を物語っていた。

まだ何一つ成せていないのが歯痒いが初めてこの部隊の一員であることを実感し誇らしく思えた瞬間だった。二つ先の建物まで制圧した合図を受け

「さぁ後半戦開始だ」

大尉は優しく微笑むと、前線に向け一気に歩を進める。

正直何もしていない自分に罪悪感を感じるゆとりさえあった。それほどに安定した盤石の制圧部隊なのであろう。敗北する画が全く思い浮かばない。

次第に静かになってゆく戦場。カミーユ隊の進む先を付いて行くだけの私が通る頃には、気色の悪い赤と黒の死体がそこら中に転がっていて恐ろしく直視することは出来ないが達磨隊の兵士は皆、当然ながら同じ格好をしていた。

ふと次に隠れた建物の物陰にあった死体を思わず間近に見てしまった時、不意にデジャブのような感覚を覚え首を傾げる。

「どうした、大丈夫？」

「あ、はい、すいません大丈夫です」

よく見てくれている上官だ。前に意識を集中しているはずの大尉だが後ろにくっついているだけの私の些細な仕草すら見逃さないなんて。大尉の視野の広さに驚きながらも、さっき感じた違和感は一体何だったのだろうか。

市街地の中央辺りまで進んだところで前方の建物に目を凝らしていると見慣れた青い制服の一団が見えてきた。アレックス部隊のアベル大尉がこちらに手を振っている。応えるようにカ

ミーユ大尉も立ち上がると手を振った。二人は近づくとハイタッチし笑顔を見せたが特に言葉は交わさなかった。

カミーユ大尉とアベル大尉は第56期生で同期らしい。つまりこんな戦場をもう五年も生き抜いているということか。

私も、こんな風になりたい。憧れを抱くのと同時に分かち合うべき同期という存在が私にはもう居ない。そんな事実も再認識しながら人生二度目の出撃は幕を閉じたのだった。


行きは各部隊毎に出撃するが帰りの輸送機は部隊混同が多いらしい。機内の前方で楽しそうに笑いあう二人の大尉がいた。カッコ良い、つい口元が緩んでしまう。私の視線に気付いたカミーユ大尉が手招きするので私のことなのか周りを見渡してから小走りで近づいた。

「はい、すいません私でしょうか」

「お疲れ様、君は今期の新兵かな？」

心地良い声だ。

「はい、第61期生であります」

「今日の達磨について、というか相手の部隊も全然まだ分かんないもんね。判っている事だけ簡単に教えよう」

包み込むようなカミーユ大尉の声に癒されながらも真剣な表情で相槌をうった。大尉の説明によると、相手方勢力である【赤軍】には五つの部隊がありアーク艦隊と呼ばれている敵の艦隊部隊が空、海と二部隊。地上部隊として【赤い悪魔】【達磨隊】【紅炎隊】という三つの部隊があるという。

それぞれが当然異名で呼ばれるだけの所以が存在し、例えば今日相対した達磨隊は兵士の胴以外の部分を全て切り落とした後、その遺体を並べて飾るそうだ。並べられた遺体がまるで達磨のようだから達磨を造る達磨隊。また他にも胴体の部分のみが赤く、皆一様に達磨のような体型をしているからだと言う人もいるそうだが、いずれにせよ人間の所業とは到底思えない。

赤い悪魔という部隊は青軍でいうところの突撃隊にあたり、達磨隊と同じく真っ黒のフルフェイスマスクに全身が真っ赤な戦闘服を着ていて、異様な見た目を悪魔と呼ぶようになったとか。

フェイスマスクの為、相手の表情は窺い知れないはずだが、相対した兵士は皆一様に楽しそうに笑っているようだったと答えるのだという。これらから総じて【戦場で嗤う赤い悪魔】と呼ぶ者もおり多くの兵士から怖れられているそうだ。

最後の紅炎隊という部隊はカミーユ大尉ですらまだ戦場で出遭ったことが無くアベル大尉が一度だけ対峙した時の経験を話してくれた。

「セラフィム、とか言ったかな。二年前の当時で大佐と呼ばれてたアイツは悪魔でも化け物でも無い。代名詞が思いつかないんだ。俺はカミーユと違って昔から戦場で優しい感情なんてのは持ち合わせて無い。まして命成権貰ったばっかでイケイケだった頃にだよ。殺し合いに恐怖なんて微塵も感じてなかった。そんな俺を恐怖のどん底まで突き落としたのがセラフィムだ。

あの時まだ中佐だったアレックス大佐が来てくれなかったら俺はもうとっくに殺されていたよ」

輸送機の中の空気が重たくなる。アベル大尉が言うには、見たことも無い新型の兵器を用いて手当たり次第に焼き払うと。殺し方にも拘りがあって、拷問さながらの殺し方を徹底して楽しんでいるそうだ。紅炎隊の所以は一面が火の海であることや、全身が真っ赤でフェイスマスクも赤い事。そして左腕に一様に巻き付けられた燃えカスのような黒いバンダナが部隊のトレードマークらしく、紅炎と呼ぶようになったそうだ。なんにせよ燃え盛る炎のイメージが強い。

話を聞き終え重くなってしまった空気と沈黙を破る様に明るく礼を伝えると元居た後方の席に戻った。

しかしながら腑に落ちない事が幾つかある。そもそも敵方の赤軍は一体何のために何の目的で戦っているのだろうか。

思えば戦うことや赤軍を滅ぼし平和を掴み取れ、と昔よく授業では言われていたが敵方の意図が欠落していた。フェイスマスクで顔を見た訳ではないせいか、とても対人間との戦争をしているとは思えないのだ。

そして戦場でも感じた違和感。カミーユ大尉の話を聞いていて確信した。達磨隊の体型だ。殆どというか全く同じ体型の死体が幾つも転がり疑念を抱かずにはいられなかったのだ。どういうことなのだろう、同じような体型の兵士だけを集めた部隊なのだろうけど夥しい数の今日

視た死体は少なくとも、まるで違いを見出せなかった。考え耽っていると
「降りるぞ」

鬼ヶ島に着いたようだ。

部屋に戻ると変わらない、明るい皆の笑い声に包まれている。恐らくだが、こんないつ死ぬかも判らない日々を少しでも楽しく過ごそうとかそんな感じで皆考えているんじゃないかと思えた。

確かにそうだ、私だって初陣はあの優しい名も無き女性兵に助けられ今日はカミーユ大尉のお陰で生き延びた。たまたま幸運が重なっただけで明日の命が保証されている訳では無いのだ。そんな風に考えた時、自分が見ている世界観が少しだけ変わって観えた。


「第42回、命成血記の儀を執り行う」

久々のヴァサゴ中将が声を張り上げている。仰々しい隊列はモイドム三階の会議室ではなく中央広場に並んでいた。私が入隊してからは初めて行われる式典で開催回数からしても如何に全滅が多いのかがよく分かる。昔私が助けられた女性兵が生きていれば一昨年にも開催されたんだろう。

「32号０４７４番、前へ」

「はっ」

私の代の生き残りは、私一人だけだ。つまりこの仰々しい隊列は、私が命成権を得る為だけ

に召集されたのかと思うと申し訳なく思う。

　昨夜は全然眠れず一晩中名前を考えていた。今までただの番号で呼ばれていただけに、今更名前なんてと捻くれた考えで大して気に留めてはいなかった命成権。いざ手に出来るとなるとやはり嬉しくて悩んでしまうものだ。

「32号０４７４番、これより貴殿の勇姿を讃えパイモン大将の名の下命成権を授ける」

「はっ、ありがたき幸せ」

「して命成改め、貴殿の名前を教えてほしい」

「ブレンダ、と名乗らせていただきます」

「ブレンダか、良い響きだ。願わくば意味も教えて欲しい」

「はっ。剣です、正しく正しい悪を斬る刃になることを誓い、この名を名乗ります」

「承知した。では改めてブレンダ二等兵、命成と共にこの三年間の戦果を讃え本日これより少尉への昇進を認める」

「は、はいっ」

　思わず間を開けてしまったが当然困惑する。命成血記の儀でのみ唯一、三年分の戦果を総括して評価を受ける為いきなり官位が与えられる可能性は先輩から聞いていた。その分十五歳からの地獄の三年間は如何に戦果を残そうとも一番下の二等兵のままなのだ。

　とは言え十八の小娘がいきなり将校とは、振り向かずとも後ろの隊列が騒めく理由は当然だろう。

「ブレンダ少尉、制服は部屋に準備されている。さ、この士官肩章を」

この日この時より、当然部屋も変わる。三年間同部屋だった仲間は数人程にまで減ったが当然誰よりも階級が上になってしまった。私を粛清した男性兵士の焦り顔が脳裏を過る。

隊列に向き直ると想定していた、どよめきは無く温かい拍手で迎えてくれた。

「それでは、命成血記の儀を続ける」

「は？」

思わず大きな声が出てしまった。

「80号００９６番、前へ」

「はっ」

重厚な胸板と、筋骨隆々といった表現がぴったりだろう。あの隻眼が前に出てきた。生きていたのか、驚きと交錯する思考で姿勢がふらつきそうになる。

「80号００９６番、これより貴殿の勇姿を讃えパイモン大将の名の下命成権を授ける」

「はっ、ありがたき幸せ」

「して命成改め、貴殿の名前を教えてほしい」

「ルシファーと名乗らせていただきます」

何だその名前、そもそも何だその眼帯、生きているならば話したかったことや生きていたからこそ見た目の変化に、心の中で突っ込みばかり入れ式典に集中できない。

「ルシファーか。ふむ、願わくば意味も教えて欲しい」

ヴァサゴ中将は訝しげに間を空けた。

「はい、この戦争に終止符を打ち金星のように空から照らす光となることをこの命に誓います」

「……承知した。では改めてルシファー二等兵、命成と共に、この三年間の戦果を讃え本日これより少佐への昇進を認める」

「はっ、ありがたき幸せ。」

これには流石に隊列が声を上げどよめいた。

「尚、先日戦死したヴィクトリア中佐に代わり、今後はルシファー少佐に特務精鋭部隊S2を率いてもらう。以上だ」

私の特進でいきなり尉官に昇進したこの事実さえも、あの隻眼が佐官まで一気に特進した事で塗り消された。あの男はいつもそうだ、気付けばいつも私の数歩前を行く。かといって手を伸ばしても届かない距離をいつだって保たれている感覚だ。

運命的な再会から二人の会話やその後の展開を想像してしまっていたがそんな描写は頭の中で破り捨てた。式典が終わり一応少しだけその場に留まっていたのだが、いつの間にかS隊の黒い隊列は何処にもいなくなっていた。首を傾げながらも溜息でリセットし士官入りした自分の新たな部屋に向かう。

考えてみれば確かにS隊の動向はどの部隊にも全くといって情報が知らされていない。一体普段何処で何をして戦場ではどんな働きをしているのか定かではないのだ。

しかしまぁ、部隊長である中佐クラスが戦死したということはS隊はS隊なりに大変な任務であるのだろうと考え隻眼改め、ルシファーについては思考を停止することにした。毎度毎度気持ちをかき乱されては堪らない。何より一方的に私だけが右往左往しているようでムカつくのだ。

モイドム七階の中央階段を上りきると、つい癖で左に進んでしまった。何かを思い出したような素振りで引き返し階段から見て右側の廊下へと進みなおす。右側は主に最奥から順に下士官、准士官、尉官、佐官の順に建物中央へ近く将官に昇進すると司令部に場所を移すそうだ。司令部なんて人生で全く縁が無いと踏んでいたが今はもう将校の一員。死刻条令による刻命の選定員や会議などで行かなければならない日も近いのだろう。

思考に耽りながら各部屋の入り口に記載された【尉官室】の文字を探していると佐官室中央の扉が勢いよく開きカミーユ中佐が出てきた。

「おおっ、ブレンダ少尉、特進おめでとー、大出世だね」

明るく優しい、いつもの包み込むような声だ。

「ありがとうございます、中佐。でも皮肉にも取れますよ、同期がまさか生きていてましてやいきなり佐官で今日から少佐だなんて」

憧れのカミーユ中佐の前だというのに、ついぶっきらぼうに答えてしまった。

「まぁまぁ、ブレンダ少尉。特進すること自体が物凄いことなんだよ？」

「はい、解っています。申し訳ございません」

「それより、ブレンダ少尉ももう今日から士官だ。これから司令部で新年度組織図の発表と座標の選定があるらしいんだけど一緒に参加しない？　尉官の内は強制ではないから、部屋でゆっくりしているのも全然良いと思うけど」

「え、本当ですか、是非行きたいです」

早くも司令部に入る時が来るとは、しかしこんなチャンスは滅多にない。いつ一人で召集されるか分からない司令部に誰かと行っておけるのは願ってもない。ましてや憧れのカミーユ中佐と一緒にだなんて。仕事なのだが、ついデートの類いのように思えてしまった。

「じゃあ早く着替えておいで。今日から将校入りだから、しっかりとした制服が部屋に入ってるよ」

「はい、急ぎます」

笑顔で答え、中佐の指した部屋に急ぐ。

「あ、肩章も忘れずにねー」

「はーい」

何ということだろうか、想い描いていたあの憧れの制服が机の上にある。即席だが、確かに【ブレンダ】と刻まれたワッペンまで。何年振りだろう久々に心が躍り、笑みが零れた。部屋を出ると向かいの壁に寄り掛かり軽く目を閉じている中佐の姿。画になるなー、と心底思う。

「すみません中佐、お待たせしました」

「おっ、いいね似合うじゃん。それじゃあ行こうか」

「ありがとうございます。はい！」

制服と一緒に置いてあった、付け方と位置が分からないバッチたちはとりあえず全部ポケットに入れてきていたのだが、道中に笑いながら中佐が付けてくださった。中佐はとてもいい香りがして、私は顔を赤らめてしまう。

式典の片づけを横目に見ながら中央広場を通り過ぎる。

少なくとも十年以上この島に居るはずなのに、この山道の先へは踏み入ったことが無い。

少し登った所で徐々に重々しい建物が見えてきた。その手前には建物を守るように左右で色の違う青と赤の支柱からなる大きな門があり中央の部分までしっかり半分ずつ色分けされていて、場違いな色彩に思える。

建物の裏側には頂に見える角と、その先横一面を覆うように漆黒の塀が高圧的にそびえ立っていた。なかなか正面からこの忌まわしい塀を一望する機会は無かったし、これほどに威圧的な印象を受けたのは初めての経験だった。

「ほら、行くよ」

「あ、はい、すみません」

吸い込まれるような漆黒に目を奪われ、気付くと中佐はもう小動物のように小さくカラフルな門の先まで行ってしまっていて慌てて追いかける。

青と赤の門を駆け抜ける最中、見たことも無い黒服に呼び止められ初めて自分で自分の階級を名乗った。

「ブレンダ少尉であります」

言い慣れない名前と階級で、まだ自分を言い表す単語だとなかなか紐づかない。なんだか妙に照れ臭く感じる。

司令部に入る重厚な扉の前に立つ、この黒服は何者だろうか。S隊の制服とも若干違うようだけど。特に名前を指し示すものは何も身に付けてはいない様だ。

扉を開けてもらうと、すぐの所で中佐が待ってくれていた。

「遅刻だよー、怒られちゃう」

「すみません」

下唇を突き出した中佐もまたカッコ良い。そんな事を考えながら小走りに付いていくと赤絨毯の階段を上り二階の会議所と書かれた部屋の前に着いた。

中佐は扉に触れているのかいないのか、少なくとも音は聞こえなかったがノックする素振りを見せてからそっと扉を開き、ゆっくり中に顔を覗かせていく。後ろから見る中佐のこんなお茶目な姿は戦場とは全く違っていて実に可愛らしくそれもまたいい、だなんて思う。

「おい、カミーユ」

「遅いぞお前は」

ドスの利いた声が室内から飛び交い、慌てて中佐は中に入ると
「いや、申し訳ありません」

軽く頭を下げ私に右目でウインクして見せた。中佐のウインクはどんなライフルよりも威力がある。

そのまま中佐に招き入れられ恐る恐る中へ入ると大きなホールの中央アルファベットのCを模る湾曲した机が二つ平行に段違いで並んでいて高い位置の机には将官が、低い位置には佐官以下が座るのだろう。前方の机の切れ目には大きな電子黒板があり、まさに最先端の会議室といった具合だ。上官たちの視線が痛かったが
「とっとと座りなさい」

エマ大佐の一声で、事なきを得た。

身を屈めながら手前の階段を上がり、見下ろす上官の目線に怯えながら席を探すとカミーユ中佐の席には名札がある。席が決まっているのかと、焦って辺りを見渡すと
「隣に座って聞いてたらいいよ」

と端にあった空座の椅子を手繰り寄せてくれたのだった。ホッとしたのも束の間、中断してしまったであろう会議が再開する。

議長だという老いたこの男も初めて見る。【ガミジン】というらしい。私にヴァサゴ中将のような立場があったら、いつか聞いてみたいものだ。ガミジン、ふむ。願わくば、意味を教えて欲しい。なんて。

「えー、どこまで言ったかな。とりあえず先刻のヨーロッパ制圧作戦に措いての戦死者たち。彼らの座標から決めようか」

話の節々に入る舌打ちのような音がやけに耳につく、嫌な話し方をする男だ。

「まず戦死者は今回三千人を超えた。お前らこの数字が如何に大きいか解るよな。たった二万五千しかいないこの一団が、三千人を失ったんだ。お前らは上官として戦場で何をやってんだ？　馬鹿と鋏は使いよう。ことわざを知らんのか！」

見た目と話し方から、中将たちよりも議長という立場が圧倒的に上なのだろうとその時初めて思ったのだ。あまりに強い語気で、普段知っている上官のましてや中将たちも座っている中で余りの言葉遣いに肝を冷やす。

見当たらないから私の後方上段にはレオン少将や紫伝中将が座っているはずだが流石に会議中、振り返って表情を確認する勇気はない。しかし偉いとは言え、あんまりな言い方だと思う。

「まあいい、条令により有権者の座標をこれより定める。基本的にいずれかの将校から進言が無い限りは、いつも通り豪の座以下は省略する。また豪の座以下と思われる戦死者の発表も差し控える。時間が無駄なだけだからな」

こんな扱いだと言うのか、酷過ぎる。

「先ず突撃隊。フローレンス大佐とオードリー中佐だ。この二人はドミニオンの下で約七年もの間、突撃隊を指揮してきた。特に印象的なのはフローレンス大佐の百魔狩りと言われたあの一件だろう。たった六人の小隊で百を超える赤い悪魔の部隊を掃討した。少なくともフローレンスは俊の座以下では無い逸材だと考える。またオードリーにしてもその時連れ立った小隊唯一の生き残りだ。コイツにしたって散々ぱら赤い悪魔を追い詰めた男。充分に一考の価値はあるかと思うが皆、どうだろうか」

「ずっと一緒に生き抜いてきた奴です。フローレンスも、オードリーにしたって。どうしても親心のような目で見ちまいますが、先人たちの大きな功績の裁量で鑑みればフローレンスの奴でやっと俊の座ギリギリってえ所じゃないでしょうか」

答えからして彼がドミニオン中将らしい。

「同感ですね、意義ありません」

デュナミス中将だ、教本でしか見たことが無かった。細身で低い声が魅力的な男性だ。

「他、意見無いか。それでは突撃隊からはフローレンス中佐のみ、俊の座標に刻命。オードリーは豪の座標。以下約二千人を超える戦死者を出した突撃隊の内有権者千百三十三名については下位の座標に刻命する訳だが当然書き切れんだろうし裏側ももういっぱいなので座標盤を新たに新設しなければならない。よってなるべく早く建造させるが完成するまで下位座標の刻命は保留だ、いいな。えー、次は青の戦士だ」


こんな感じに決められていただなんて。当然知る由も無かった。今では私も何とかやっていけているが、命成権を得ることだって大変なことだ。

それなのに彼ら偉い上官様方は、有権者ですらこんな扱いだ。十八歳まで生き延びる事が出来なかった兵士なんて道端の塵程度にしか感じていないのだろう。

生前に何を成したか、彼らが求めるのはどうやらそれだけらしいが圧倒的に色んな感情が欠落していると思う。

この場に居るのが辛い。今すぐこの部屋を逃げ出したかったが当然そんな勇気は無く、無心で議長の暴言をただ聞いていた。

要約すると、ヨーロッパ作戦とは私たちレオン部隊が掃討作戦としてほんの少しの塵を掃除している最中、突撃隊と青の戦士が合同で敵の本拠地の一つへ乗り込み手っ取り早く纏めて掃除しちゃおう、という様な作戦内容だった。

結果としては制圧でき勝利を収めたが何とか命からがら逃げ帰ってきただけの僅かな兵を残し青軍六大部隊の先遣を担う地上部隊の主力がほぼ壊滅した。

それはつまり、今後私たちレオン部隊もカッコつけてチマチマやってないで先遣隊として突撃隊のように突っ込んで来いよ、という脅迫めいた部隊再編成案を議長から提示されたのだ。

新編成ではなんと男手は全て突撃隊に取られ、長く教鞭に就いていた老兵のヴァサゴ中将が鎮定殉葬を直轄。下にエマ大佐とレイ中佐、そして私だ。老人と女しかいないではないか。

新編のドミニオン突撃隊は当然ドミニオン中将が直轄。下にレオン少将、カミーユ中佐、アベル少佐、フラカン大尉、オセ少尉。

カミーユ中佐が取られてしまった。ましてレオン少将やカミーユ中佐は大隊及び小隊ごと突撃隊に吸収される形で残された我が鎮定殉葬は大幅に規模を縮小する事を余儀なくされる。青軍最高戦力と謳われていたデュナミス中将の艦隊でさえ規模を縮小し突撃隊に回されてしまうという。

新編成での人員はデュナミス艦隊の空、海艦隊にそれぞれ四千人。鎮定殉葬は二千人。突撃隊が規模を拡大して一万二千人。

一体この軍は何がしたいのだろう。勝利した作戦の良かった部分だけしか見ず犠牲をいとわない突撃で島民の大幅な削減でもしようというのか。

これまでの青軍を背負ってきたフローレンス大佐やアレックス大佐たち。不動の強さを誇っていた彼らを無理矢理、死に追いやった強行作戦なのに懲りもせずまた同じ事を起案しようというのか。

声を大にして抗議する勇気も力も持ち合わせていない私は己の無力さに打ちひしがれながら、ただ茫然と成り行きを受け入れるしか無かった。

「議長、ちょっと宜しいでしょうか」

その時すぐ隣から発せられた声量に驚く。

「カミーユ中佐、なんだね」

ガミジン議長が睨むように聞き返す。私の真横に向けられた高圧的な目線は、その視界に当然私も含まれていてあたかも私が睨まれているかのような錯覚を覚える。恐怖で身震いしたが当然目線を落としたり不審な動きをする訳にはいかない。ぼんやりと手前の空間を見つめるようにして一切身動きはせず本能的に全てをシャットアウトした。

「カミーユ中佐、この後すぐ私の部屋に来たまえ」

カミーユ中佐が一体何を言ったのか解らない。真横に居たはずだったが音までも閉ざしてしまっていた。

　そのまま議長は幾つかの書類を纏めると苛立つ様に逸早く会議所を出て行く。議長が部屋から出て行ったのを確認すると、私はすぐ横に顔を向け驚いた。今まで見たことが無い怒りの感情を露わにしたカミーユ中佐が机に拳を叩きつける。私はどんな顔をしていればいいのか分からず神妙な面持ちで下を向いていると
「カミーユ、早まらないでくれ」

「そうよカミーユ、お願い」

　レオン少将とエマ大佐の声だ。

　深刻そうな口調で話しているため、カミーユ中佐の顔が見れず前に視線を移すとドミニオン中将が凄く悲しそうに、こちらを見つめていた。

　一体中佐は何を議長に言ったのだろう。

　無言の中佐が机に手を置き、そのまま飛び越えるようにして行ってしまった。追いかけようともしたが話しかける余地は無さそうで、しかもこの机足元は目隠しになっているのだ。下からは潜ることは出来ず一段ずつ小上がりになっているが一段一段が凄く高い。飛び越えていく残像を浮かべながら、ゆっくり弧を描く机に沿って端まで行き階段を使って降りた。

　振り返るとレオン少将とエマ大佐がまだ机に座ったまま真剣に何かを話しており居場所が無い私は静かに会議室を出る。

司令部を出て一度だけ振り返るが誰の姿も見えない。
強引に視界を占領してくる黒い塀の圧力に押し潰されそうで向き直ると足早にモイドムへと戻った。

―第一章　完

第二章　享楽絵図

第61期修了生、80号0096番前へ。

「はっ。」

訓練生時代から【隻眼】と呼ばれているが俺の事を示す言葉としては、まあ悪く無い。そもそも訳の分からない番号で呼び合うこの島は、何かが狂ってる気がする。


同期の奴らは半分が死んだ。あいつ等が受け取ることの出来なかった修了証。そう思うと紙切れ一枚が重たく感じる。

修了式が終わって周りを見渡すと、鬼女の奴がもういない。昔から奔放で口も悪いし暴力的な女だった。だけど可愛くて俺は授業で鬼女と向き合う度、何も出来ず手が触れただけで顔が熱くなった。

その日の夜は生徒でも兵士でも無い、唯一安堵できる自由な日だと教えられ、まず何がしたいかを考えていた。

モイドムの正面入り口でたむろする同期の面々を見つけると、不意に今後の抱負を語り合いたくなった。半ば強引だったが皆も特に予定は無く、鬼女を欠いた十二人で南西側の港に向かった。

ここは十三歳になった年、俺がモイドムを逃げ出して夕方位まで隠れてた場所だ。武術の授業でヴァサゴ中将と対峙してた時、どうしても鬼女が気になって一瞬だけ目を逸らした。ほんの一瞬だ。その時に中将の上段回し蹴りが左目の眼球を直撃した。片目を失った翌日、生きてるのが嫌になって救護室を抜けここへ来たんだ。


皆にそれを話すと笑ってやがる。夜になって俺を見つけたのは結局中将で、淡い期待を裏切られたのを覚えている。まあ当然皆モイドムからは出られないんだから来る訳無いかと自分を慰めたのだった。

中将に見つかってすぐ粛清に構え片目を閉じたが普段あれ程厳しい中将が、この日は何故か優しかったんだ。

「お前はあの子の事が好きか？」

「え、誰のことでしょうか？」

「はは、まあ見てれば分かる。ただなあ好きな女が出来たなら、それこそ一層強くならなくてどうする。誰が好きな女を守るんだ？　お前が守ると言うなら強くなれ」

「……はい。強くなります」

感銘を受けたって言うのかな、あの時の感情は今でも忘れない。お陰で鬼女との直接対峙以外は負け無しだった。

あの時中将と二人で座ったドック前の、この風景をもう一度見たかったんだ。その後皆で中央広場に移動して過去の偉人が刻まれた石碑の前で感情を高め合う。

「よし皆、ここで宣誓しよう！」

俺たちが必ず新たな歴史を刻むんだ。


入隊式の朝早く目覚めた俺は、もう一度英俊豪傑の座標を目に焼き付けたくなった。モイドム地下一階の学校と七年過ごした部屋に別れを告げ、一人朝靄に飛び出す。

神秘的な魅力を感じるんだ、この場所は。実際この場所は墓では無いが、その心は必ずこの石板に未来を創る後輩たちへの座標として刻まれている。

【英】は万人に一人、男なら当然狙うのは一番上だ。一体どれ程の戦果を上げたら英の座標に刻まれるのだろうか。

一人考え耽っていると近付く気配を感じ育児所の方を見やる。

「おう、鬼女か」

神秘的なこの場所で会えるなんて。

「何だ隻眼か。昨日もなんかワーワー騒いでなかったか？」

「何だとは何だよ、相変わらずキツイ女だ。あれは青鬼様へ忠誠を尽くす儀式みたいなもんだ。

いずれ必ず青軍に大きな戦果をもたらし俺の【命】をこの石板に刻むんだ」

口は悪いが、それもまたいい。今はまだ口が裂けても言えないが俺が必ずお前を守ってやるからな。

「くだらねー、興味ないね私は」

照れてんのか？　こういうの苦手なのかもな。鬼女の奴クールだし。さあそろそろ行くか。いよいよ今日から兵士、必ず英の座標に俺を刻み込む。

午前七時ちょうど入隊式が始まり、先輩方の隊列の先頭に並ばされ緊張が募る。61期生の兵士十一人、それぞれの配属が今この場にて決定されるのか、楽しみだ。

正面には各部隊指揮官と青鬼様。初めて生で見たが、なんという威圧感。流石は鬼と呼ばれるに相応しい顔立ちをしていて教本で見るのとは違う。しかし隣のイーライ少将もなんて美人。いかん駄目だ俺には心に決めた女がいるんだ。配属なんてどこでもいい何処に行こうが俺は必ず上に立って命成を座標に刻んでやる。

ヴァサゴ中将の部隊説明が終わり、発表は女性兵士かららしい。どこでもいいとは言え緊張せずにはいられない。そうか、もしかしたらあいつと同じ部隊になれるかも知れない。次は鬼女の番だ。

「32号０４７４番、前へ」

「はいっ」

何処に配属されるのか。

「レオン部隊、鎮定殉葬」

うお流石は鬼女だ。あの美女軍団の部隊か。レオン大佐はかなり年上だがイケメンだ、要注意だな。

次は俺が何処に配属されるか、これでもし俺が鎮定殉葬なら嬉しいんだけど
「80号００９６番、前へ」

呼ばれてしまった。ああ落ち着け、情けない緊張で身体が震える。

「イーライ特務精鋭部隊、Ｓ２」

イーライ少将の下か、おお。まあ何だ取り敢えず嬉しいが。あいつは大丈夫かな。描いていた理想が崩れ去り、現実を突きつけられた気がした。でも特務精鋭部隊の制服はカッコ良くこれはこれで鬼女の奴が惚れるんじゃないか？　なんて考えてた。


入隊式が終わると、すぐイーライ少将に手招きされ慌てて前に出る。

その時すれ違い様にヴァサゴ中将が俺の肩を笑って叩いた。

「おめでとう、頑張れよ【隻眼】」

「あっ、はい。ありがとうございます」

ヴァサゴ中将の笑顔に緊張が解れ、一気に体中から込み上げてくる力を感じたんだ。ヴァサゴ中将には心から感謝している。

「貴様が80号００９６だな、来い」

「はっ」

イーライ少将の冷たい瞳と無表情な顔は想像していたものとは違ったが大丈夫だ。俺は必ず大きな事をここで成し遂げてやる。モイドムを背にして広場へ出た。

「少将あの……、」

「私語は慎め」

「はっ、失礼致しました」

エヴァ先生タイプかな、綺麗だけどかなりキツそうな人だ。司令部へ続く山道に向かうのかと思ったが石板を右に進み脇に逸れた。

感覚的には北東側の中腹辺りだろうか、山道に差し掛かる手前の白い山肌に少将が手を伸ばす。山肌の一ヶ所は蓋のように持ち上がり中から電子パネルが出てきた。

パネルを覗き込む少将の顔に赤い線上の光が差し突如、山肌から扉が現れた。

「うわっ、え」

俺は驚きを隠せなかったが
「黙れ」

もう口は開くまい。この部隊に入ったら俺は相当な無口になりそうだ。

扉を通り抜けると地下へ続く長い階段、二人が中に入り切ると自動で扉は閉まった。薄暗い階段を下り切ると驚いた事に先が一望出来ない程、二方向に伸びる巨大な地下通路になっており、まさか島の地下がこんな風になっていたとは当然知る由も無い。

広場から北東に進んで山肌から真っ直ぐ階段を下り、また真っ直ぐ進む。

(え、もうここは確実に塀の向こうだ)どれ程歩いても先が見えないこの通路は一定間隔にアルファベットと数字の組合せがくっついた看板があり、そこから地上に向け階段が伸びていた。

(成程、島のあちこちに出入りできる、あの扉があるのか)

暫く進むと右手に扉が見え、少佐が開いた。

「ここがお前の配属先であるS2だ。詳細はヴィクトリア中佐に聞け」

「はっ」

そんなに強く締めなくても、と可哀想なドアの代弁をしつつ直立したまま反転し室内を見渡した。心躍る物ばかりが目の前に溢れていたが、決して声には出さず前にいる中佐にバレないよう、表情だけで驚いてみせた。

何か机に向かって作業していた中佐がいきなり振り向いた為
「あ、本日から配属されました61期、80ご……、」

「君に伝えたいことは二点だけだ。一つ目が、まず黙れ。二つ目が目障りだから座れ。以上だ」

「……はい」

俺はここでやっていけるのだろうか、息が詰まるような部屋の中で入り口脇の床に膝を抱いて座り、ひっそりと息をしていた。あいつ今頃何してるかな。

その時地上で鳴る警鐘が微かに聴こえ、逸る心で中佐を見つめるが一向に動く気配は無い。

やがて静かになったが騒ぎ立てる心と裏腹に眼前では冷たく重たい空間が広がり、筆を走らせる音だけが響いていた。

どれ程時間が経ったのだろう、もう臀部の感覚は無く太腿まで痺れ冷え切っている。こうなると逆にいつまででも耐えてやろう、だなんて無駄な反骨心が芽生えたがその後いとも簡単に心が折れ打ち砕かれた。

異常だ。ヴィクトリア中佐は一度だってトイレにも立たず一心不乱に筆を走らせている。部屋の後方にある時計によれば、もう十八時間が経った。睡魔もそうだが背筋は凍り付くように痛み床から伝わる冷気が全身の体温を無限に奪い続ける。何より膀胱が限界だ、これ以上は絶対に我慢が出来ない。

「中佐、すいませ……」

上手く立ち上がることが出来ず、腰から激痛が走り中腰で苦悶していると中佐の投げた細身のナイフが左頬をかすめ、後ろの壁に当たって落ちる。乾いた金属音が部屋に響き、驚いた拍子に体の力が抜けたのか頬の痛みに気付くよりも先に太腿から徐々に広がる生暖かい温もりを感じた。

「指示した事以外で口を開いたならば、次は迷わず君を殺すよ。悪そうなその頭で言葉の意味を理解出来たなら、逸早く掃除して奥の部屋に消えてくれ」

これ程までに屈辱を覚えたことは無かった。戻ってきた足腰の感覚が、より鮮明に濡れて張り付いたズボンの存在を主張し研ぎ澄まされた嗅覚が濃厚なアンモニア臭を検知した。十五歳の安いプライドは音を立て崩壊したのだった。

奥の部屋で誰もが羨むだろう礼装に着替えていると掃除用具を見つけ、自分が零した恥の結晶を拭い取る。

俺は終始無表情のままだったが、床を拭きながら下を向いた時初めて泣いていた事を気付かされた。いくら拭けどもコンクリートの床は斑な模様を映し出し、声なき声を挙げ喚き崩れたい。


翌日なのかは判らない、日付と時間の感覚が麻痺しているのか。右目を開けると初めて見る鋭い目をした男が、俺を蹴ったり踏みつけたりしていた。

「糞餓鬼、早く起きろ！」

体中が痛い。奥の部屋のソファーに腰掛け、柔らかな温もりで眠りに落ちたか。

「は、はい、すいま……」

立ち上がるなり腹部を思い切り前蹴りされ、痛みに悶絶しながら完全に目が覚めた、悪夢のような目覚め方だ。

「大変失礼致しました」

これからこんな地獄が続くのだろうか。

男は口を開かず、手招くように歩き出し慌てて痛みを堪えながら追いかけた。前室には未だ机で中佐が書き物をしている。まさかあのまま書き続けているのか？　いや、この人ならば不思議は無いか。

再び大きな通路に出ると改めて見てもその広さに驚かされる。太い左右の道先はどこまでも続き、所々にある枝分かれが恐らくは地上への階段だろう。来た道から推察するに今いる地点ですら恐らくは禁止エリアの真下の筈だ。

通路の形状からして円形状に島の地下をぐるりと一周通っているのではないだろうかコンクリートが蛍光灯の光を白く反射し、全体が真っ白に見えるとは言え、まるで先が見通せないのもその為だろう。

部屋を出て暫く右手に進むと通路左側に三基のエレベーターが見えてきた。

てっきり階段だとばかり思っていたが最先端の設備が整っているようだ。今まで見たことの無い電子パネルやら何やら付いている。パネルはB2、1、2、Rと四つのボタンがあり、ここはつまり地下二階に位置しているという事なのだろう。男は一階のボタンを押しエレベーターはすぐに到着した。

扉が開いて目に飛び込んできた景色は想像し得る何もかもを軽々と凌駕し思考を置き去りにする。

全面ガラス張りの大きな部屋が幾つも並び、ノブのない扉は近付く事で勝手に開いた。好奇心に目を奪われていると顔面に衝撃と遅れて激痛を感じ、男に殴られたらしい。

「とっとと歩けよ餓鬼が、面倒くせぇ」

何でそれほどまでに毛嫌いするような目で俺を見るのだろう。

「申し訳ありません」

自分を構成している形の全てを否定されているような気がして顔よりも心が締め付けられる様だ。


ガラス張りの部屋が並んでいた列の片隅に分厚そうな鉄の壁に囲まれた部屋があり三つあるうちの手前に入れと言われた。

中に入ると狭い部屋の中央に手術などで用いそうな黒いベッドがあり縛り付けられた男性いや男の子が居る。身体を見る限り同年代位だろうか幼さの残る肌艶に感じるが、顔には黒い頭巾を被せられ首元で結わえられている。手足の縛られた部分は黒く太いバンドから見え隠れする紫色の痣で、暴れた様相が窺えたが、今は眠っている様だ。時折腹部が上下に膨らんでいる。

「糞餓鬼、座ってろ」

男はベッドのすぐ左横にある椅子を指す。

「はっ」

一体何をするというのか。

「暫くお前の任務は見学だ」

男はそう言うと椅子に座った俺の手足をベルトで固定した。

「え、いやこれは、」

二度往復で顔面を叩かれ
「指示以外の私語は認めない。ヴィクトリア中佐から習わなかったか？」

「失礼致しました」

地獄だ。もう何とでもなれと、この時は思ったが本当の地獄はこれからだった。首も太いベルトで固定され背もたれから伸びるアームで完全に前方以外へは動かせない。次第に予想が付いてくると怖くなり横たわる男の子の身を案じた。

「いいか、これは勉強だ。わざわざ時間を割いて教えてやるんだ、決して目を離すな。全てを見続けられるようになるまで、この授業は何日でも続く、いいな？」

想定した最大限の不安すら悪い意味で裏切られ、ここから地獄が続く。俺の座った椅子の脇にあるボタンを押すと椅子が上昇し、立ち上がった状態とほぼ同じ視点になる。

男は背を向けると、向かいにある幾つかの刃物が入った戸棚から三つの道具を取り出しベッド右横にある金属製の囲いが付いた小さな机に置く。続いて小型のバーナーを取ると二度火が噴き出すか確認を行う。

男はベッドに向き直り自身の両手首や指を鳴らし、間も無く何かが始まることを示唆している様だ。

徐に横たわる男の子の腹部を捲り上げると小型の鋭いナイフを持ち、へそ上に平行に切り込みを入れ始めた。ピュッと血が溢れ出て男の子が目を覚ます。唸り喚く様子から頭巾の下で口に何かを噛まされている事が判った。続いて男はへそに対し垂直に刃を立て十字形に切り込みを入れた。

沸くように溢れてくる真っ赤な血を眺め気が遠のきそうになる。すると今度は先程のバーナーを点火し、先端に六角形の鉄板が付いた棒を持ちながらその先端部分を熱していく。

厚い鉄板は次第に赤々と燃え盛るように色を変え、やがて灼熱に焦がれるとそのまま血の滴る腹部の十字傷に押し当てられた。

ジュっと音がした後、強烈な皮膚の焼ける臭いが鼻をつく。悲痛な叫びはしゃがれたように濁音を含み、叫びながら身を起こそうと力いっぱいに震えていた。固定されている全身のバンドは痛々しくも緊張と緩和を繰り返し抵抗する度に皮膚を紫色に変えていく。

焼かれた鉄板を外すと室内に独特の芳ばしい臭いが広がり横たわった男の子は体の緊張を解き悶え訴えるように何か言葉を発し続けている。

バーナーの火を消し机に戻すと白いタオルを持って傷口を拭いた。男は俺を睨むように見ると、目が合ったことを確認しどうだ、見ろと言わんばかりに出血が止まった事を見せつけている。

「焼灼止血法だ。こうすれば出血多量なんかで死なれずに、長く何度でも刻める」

当然のように淡々と説明する男が悪魔のように見えたが、同時に自分が配属された部隊である事の意味を考え絶句する。

次に麻の紐と長方形の厚い刃を持つ包丁を手に持ち、一度考えてから見やすいようにか俺の前へ来ると男の子の右手の指をどうやら縛りたいようだった。当然指を暴れさせ抵抗した事で男は激昂し、罵声を浴びせながら右手の手首へと照準を切り替え雑に縛り上げると指先がみるみるうちに濃い紫色に変わる。

その変色具合を見て頷きながら右肘を左手で押さえ右手で包丁を振り落とした。血飛沫が俺の脚にまで飛んできて、切り離された元男の子の手はビチャっと音を立て床に落ち拘束を逃れた腕はだらりと垂れる。

痛みで失神したようだ。すると勢いよく扉が開きイーライ少将が入ってきた。

「何をしている」

その怒気から、やっと解放してもらえるのかと
「下手糞が、時間の無駄だ」

ん、解放してもらえるんじゃ無いのか。

「お前のせいで腕が邪魔だ、切り落とせ」

言われるがままに男は躊躇なく肩先目掛け先程の包丁を振り下ろすが、骨が太いのか二度振り下ろしてやっと切断出来た。再び意識を戻した男の子の叫びは、到底これまでに聞いたことの無い相手の心へ直接訴えかけてくる、そんな声に鳥肌が立つ。

「お前にはセンスが無い、塵が」

「も、申し訳ありません」

男は血の滴る包丁を右手に持ちながら、気まずそうに立ち尽くしている。

少将は小型のナイフを取ると無造作に先程の腹部をいきなり切りつけ大きな四角形に切り込みを入れる。手に持った血まみれのナイフを机に投げ、両手で腹部の皮膚を剥がし床に捨てた。噴き出す血飛沫を意に介さず臓器を取り出し持ち上げると俺に見せてくる。強烈な眩暈と吐き気を催し、思わずその場で嘔吐してしまうが、何事も無かったかの如く無表情でその臓器を無理矢理に引きちぎると男の子は発狂し、絶命した。ここで一度俺も意識を失ったが顔面と腹部への激痛で目を覚ます。

「少将の授業中だぞ糞餓鬼」

授業中？　何を言ってるんだこの男は。

「貴様、これが誰の死体か分かるか」

少将に促されるままもう一度、取り出された臓器や血飛沫の凄惨たる光景に目を落とし込み上げる胃酸が抑えられず二度目の嘔吐をした。言葉が出ず震えながら居ると

「糞餓鬼が、少将が質問してるだろ！」

と足やら腹部などを殴られる。

「す、し知りません」

やっとの事で言葉が出たが聞こえないと何度殴られたか覚えてない。

「おい、この餓鬼の拘束を解け」

「はっ」

男は椅子を下げ雑に拘束具を外す。

「立て、此処に来い」

少将に呼ばれ、立ち上がるが朦朧とした意識の中で、自分が踏んだ感触に下を見ると元男の子の手を踏んでいた。思わず蹴っ飛ばし、腰が抜けたように床へ座り込みそうになるが、男に首元を持たれ少将の前に跪かされた。もう死んだであろう男の子の枕元で
「餓鬼、頭巾を取れ」

少将の言葉は頭で理解は出来ているが、何を言ってるのか。何てことを言うのか。

「早くしろ餓鬼、お前を殺すぞ」

「は、はい」

震える手を制し頬を濡らしながら首に結わえられた紐を解くと、恐る恐る頭巾を外した。

そこには目を見開き悲痛な表情を浮かべた同期の亡骸があった。

「はっう、え、そんな」

「し、少将、これは一体、なぜ」

「こいつは新兵だ、当然数いる内の兵士の中で最も使えない塵だ。どうせ戦場ですぐに死ぬなら、勉強の道具となってその身を捧げた方が遥かに役立つ。兵士となった以上、せめて何かの役に立って死ねたのなら本望だろう」

この女を指し示す言葉が思いつかない。悪魔だ鬼だと罵ったところでそんな生易しい響きで言い表せるものでは無い。

「ひ、人殺しですよ?」

「馬鹿かお前は。兵士は殺すのが仕事だ」

思い切り顔面を蹴られたが、顔の痛みよりも心の痛みで張り裂けそうだった。

「綺麗に掃除しておけ、お前もだ」

そう告げると少将は部屋を出ていき男は待ってましたと気が遠のくまで俺を蹴り続け
「糞餓鬼が！　お前のせいで俺まで」

徐々に身体の感覚が無くなっていき、喚く男の罵声だけが頭に木霊していく。


気が付くとあの部屋に幽閉されている。同期の死体は綺麗に片付いているが瞳に焼き付いた映像が鮮明に甦り、まだそこに存在を感じさせた。

「畜生っ、」

静かに漏れた十五歳の戸惑いと怒りは、堅く閉ざされた部屋の中に消えていく。

部屋の片隅に膝を抱え座り込んでいると、重い錠の開く音に入り口を睨む。誰が来たところでまた地獄が始まる、そんな見当は外れ見たことの無い人だ。

「やあ、君か」

白衣を身に纏った眼鏡の女性は、まるで知り合いのような口調で話す。

「お、おはようございます」

「堅いなー、君は」

不気味に嗤うこの女性は一体。

二十代半ばくらいだろうか、床につきそうな長い白衣の裾、中には青い襟巻付きの暖かそうな服を着て、下には黒いスカートを穿いている。

「失礼ですが貴女は？」

「ティラワです。階級は少将にでもしとこうかな。ま何でもいいじゃない、そんなもの」

「はあ」

この不審な女も少将、という事はイーライ少将と同じ階級、とても見えない。いや、ふざけて俺をからかっているのだろうか。

「君を表すペンタゴンはもの凄く偏りがある、でもまだ未知数。ここから一気に成長していくのね、楽しみだわ」

何やら訳の分からない事を続ける。

「その時に向けて君は強くならなければいけない。私は花婿を信じ、応援するわ」

意味不明だ、この女一体何を言っているのだ。

「ティラワ少将、自分にはよく意味が、」

「こんな所で折れてしまいそうだったから来てあげたの。託宣に従って君に助言は出来る。でも強くなるのは君、もっと客観的に広い視野で物事をよく見て俯瞰的に捉えるの君なら出来るわ。じゃあね」

「ティラワ少将、」

捲し立てて行ってしまった。しかし少将が言っていた花婿や、偏りとは。もう少し嚙み砕いて言ってくれても良かったのではないかと思う。それでも久々にまだ真面な人間と会話が出来た気がする。いや会話にはなっていないが。

小一時間ほど考え耽っていると、また扉が開き今度はイーライ少将が入って来た。慌てて姿勢を正す。

「貴様、出ろ」

「はっ」

やっと檻のような部屋から出られる、と思ったのも束の間。すぐ隣の部屋を指し「入れ」。

「……はっ」

そりゃあトーンも落ちる。

中に入ると今度は頭と下腹部だけ隠された成人男性が裸でベッドに拘束されていた。頭には昨日と同様に頭巾が、下腹部には上から一枚の白い布が被せられているだけだ。

部屋を見渡すと隣の部屋と違うのは、戸棚と壁に掛けてある器具だろうか。昨日見た隣の部屋では、どちらかと言えば医療器具向きなものが多かったのに対し、ここにあるものは何も知らない俺が見たってすぐに判る、拷問器具だ。

使い方は想像できないものが多いが、どれを見ていても悍ましい圧迫感を感じる。

「餓鬼、こいつから禁止エリアの【秘密】を聞き出せ。この部屋にあるもの何を使っても構わない。聞き出した後は殺せ」

返答する間も無く扉は閉められ、外から鍵が掛けられた。当然想定していた事ではあったがあまりに唐突で先ず何をしたらいいのか。何より俺は今日初めて人を殺すのか。

少将が言うように兵士とは人を殺すことが仕事なのかも知れない。だけどそれは戦場で仕方なくではないのか？　こんな形で俺は、人を。想い描いていた兵士像とはかけ離れた現実を突きつけられた。

躊躇しながらも様々に並んだ器具を見渡し一つ手に取ってみる。こんなのも一体どうやって使うのだろう、棍棒のようにも見えるが持ち手は無く西洋梨の様な外装には模様が描かれており縦に切り込みが入っていた。上部にはクルクルと回せるようなO字型の取っ手。ただ殴るという訳では無さそうだ。

これは鞭だろう、持ち手の先に複数本縄が伸びていて金属製の鉤爪が先に付いている。これなら使いやすいかもしれない。

他には蜘蛛のような形をした鉄の爪や、分厚く中央がくぼんだ二枚の板。それぞれの左右に穴が開いておりネジ巻き式の留め具と一緒に立てかけて置いてある。

ワニの顔をしたペンチもある、この横には何故かバーナーが置かれていて合わせて使うものなのだろうか、判らないものばかりだ。

そろそろ何らかの行動を取らなければ自分の身が危ない筈。唯一使い方が判りそうなのはこの鞭だけ。これは流石にかなり痛そうだし、すぐに話してくれるだろう【禁止エリア】の秘密。つまりS隊の秘密基地が隠されているってことなんだろう。この人はきっと秘密を知って、いや待てよ。それなら【何を】聞き出すんだ？　この人は忍び込んだ悪者では無いのか？　誰なんだ。

次第に湧き上がる疑問と背を押す切迫感に息を整えると覚悟を決め横たわる男の腹目掛け鞭を振り下ろす。

「ぐぎゃあああ」

痛みに飛び起きたであろう男の叫びはとても聞くに堪えず、問い質す事を忘れ無心で何度も鞭を振るった。

「はあぁ、もう許して下さい」

ふと我に返ると、ギタギタに切り裂かれた皮膚と夥しい鮮血が広がっている。

男の声はどこか聞き覚えがあり頭巾越しに顔を見ながら怖くなってきた。

俺はこの男を知っている。縋る様に頼む男の声に唾を呑みながらも任務だから、と自分への言い訳で罪悪感を振り払い再び鞭を振り下ろす。

「禁止エリアの秘密を言え！　今すぐに答えればきっと殺すことは、」

「はぁ、なんだ糞餓鬼が」

思わず手を止める、あの男だった。散々俺を殴る蹴るしたあの男。

「そうか、俺は少将の粛清かと怯えたがお前か。お前なんかのせいで俺までが実験台にされたのかよ」

喚き散らした男は、拷問しているのが俺だと判ると急に態度を変え、まるで立場が逆転したかのように暴言を吐き出す。

しかし幾ら高圧的に何を語ろうとも、俺から見えている光景は手足を縛られた滑稽な全裸の男でしかなく、自ずと鞭持つ手には力が込み上げてきた。

少将はこの男へ恨みを晴らす機会をくれたのだろうか。まさか本当に殺せという訳では流石に無いだろう。同じ部隊の仲間な訳だし、とにかく秘密とやらを教えてもらおうか。

「御覚悟を」

男は再び走った衝撃と苦痛に驚き
「糞餓鬼が、どうなるか分かって、」

「禁止エリアの秘密を話して下さい」

ひたすらに鞭を振るった。

「ギィヤアああ、糞がっ、」

「なかなか答えてもらえないんですね。俺が下手なのか」

散々振るったが、ズタズタに引き裂かれ夥しい血で腹の部分はもう皮膚が見えない。しかし痛みに慣れたのか男は再び暴言を吐き始めた。

「糞餓鬼にはセンスがねぇよ」

鼻で笑うような言い草に腹が立ち、後方にある他の器具を見渡す。

「そろそろ、答えて下さいよ」

言いながら手頃な器具を探している自分を俯瞰的に見た時、まるで楽しんでいるのかと錯覚してしまう。まさかな。

「糞餓鬼、いい加減に離せ」

「いえ話すのは貴方です」

目に付いたワニのペンチを取ると昨日の事を思い出しすぐ隣に置かれていたバーナーでワニの口の部分を熱してみた。

「おい！　おい餓鬼、こら何してんだ」

バーナーの音に怯えているのだろう。

「おい、聞いてんのか？」

そうか、むしろいちいち返答しない方が、より恐怖を増幅させるのか。

ワニはその口を煌々と赤く滾らせる。

さて、このワニで何を掴むのか。指か、足の甲か、いずれにせよ火傷では済まない。足だと歩けなくなってしまうか、なら手のひらを。

「ぐぅあああ」

男の悲鳴と共に皮膚が焼ける匂いが充満する。

反対に回りもう片方の手もやりたいのだが抵抗して拳を握っていた。

「やめてくれ、もうやめてくれ、」

すると部屋の扉が開き、イーライ少将が中に入って来た。

「少将、」

「下手糞が！」

少将はバーナーを取りもう一度温めるように促す。

「少将、勘弁して下さい、少将！」

返答せず、再び煌々と滾るワニを俺から取り上げると、徐に下腹部の布を外す。

「ああ、少将、許して下さい」

悲痛な男の叫びで本来の用途が解った。

「このワニ鋏はこう使うのだ」

剥き出しになった男の象徴は酷く怯え窄まっている。少将は躊躇う事無く鋏で掴むと一気にそれを捻じ切った。

男の金切り声は聞くに堪えず、下腹部から強烈なアンモニア臭を放っている。

同じ男としてこの時だけは同情してしまう。少将の手から投げ捨てられたワニ鋏には男の男たる象徴であったものが張り付いたまま煤の様に黒くなり原型を留めていない。

「続けろ」

パイモン大将が霞む程、イーライ少将が鬼そのものに見える。今度は部屋を出ず、この場で見守るようだ。当然俺に逃げ場は無い。あんな事を平然とやってのけた訳だから本当に殺す気なんだ。

気絶した象徴の無い男に向かって、今はもう哀れみしか感じないが止むを得ない。俺は絶対にあんな目には遭いたくないと覚悟を決め、もう一度器具を見渡すが残りはどれも一撃で死に至らしめるようなものばかりだ。ふと戸棚の下に置かれている大きな鉄の棘が内側に付けられた口のような器具を見る。

「それはニー・スプリッター。膝砕器だ」

「はっ、ではこれで」

これなら可哀想だが話してくれるだろう。両側に大きなボルトがありそれぞれ板の両端を貫通している。恐らくこのボルトを締めあげていくことで内側上下に向き合った鉄の棘が膝に食い込んでいく。

気絶した男の左膝に器具を取付ける為、一度左足のバンドを外し、棘が刺さらぬ様ボルト側を上下にして膝にセットした。もう一度左足をベルトで固定し、ボルトをゆっくり締めあげていく。

棘が刺さると男は目覚め発狂しながら何か呟いているが、うまく聞き取れない。

「さあ話して下さい、禁止エリアの、」

「ぐぅあギャアぁ、」

思いのほか簡単に膝が砕けてしまった。

「殺せぇ、もう殺してくれ」

意外としぶとい、自分の中で何かが吹っ切れた感じだ。戸棚から長手の剣を手に取る。

「それは処刑人の剣、斬首用の剣だ」

静観していた少将がポツリ言う。

「もう、終わりにしますよ」

哀れな男に向き直ると何故か俺は被せられた頭巾を外す。

男の顔は青白く、悲壮感と死相に塗れ、怨恨の瞳で俺を見つめている。

「はぁ、あうぅう」

この時不思議と恐怖は感じなかった。惨たるこの男を不憫に思ったのか。いや何か今までとは違う自分の一面を見つけたのか。両の瞳を見つめ返し、喉元に向け剣を振りかぶる。

「まだ聞き出せていないぞ」

「そうですね」

自分とは違う自分が話しているようにも思う。

「成程、お前にはセンスがあるようだ」

最後に男は何か言っていたが、構わず俺は処刑人の剣を振り下ろした。

「ほう」

血飛沫が上がり、首が切れて落ち行く様をしかとこの目で見届け、少将の声は飛沫の音によって掻き消される。俺は流れ出る赤を眺めながら暫くその場に佇んでいた。


てっきり掃除をさせられると思ったが、付いて来いと言う。部屋を出て館内を改めて一望すると驚いた。幾つもあるガラス張りの部屋の中で白衣を着た男たちが研究している対象のそれは一体何なんだ。どう見ても全く同じ人間の身体が、何体も量産され、物のように検品されていた。

「クローンだ」

俺の視線に応えるよう少将が呟く。

「くっ、クローンですか？」

「神をも恐れぬ愚策と思うか、お前も」

少将が何を言いたいのか、よく意味を理解出来ない。でも俺の事をまるで誰かに重ねているような話し方だった。

幾つかの部屋の中を覗いていると部屋毎に造られている個体の違いに気付く。

「この個体はＴｙｐｅ－Ｄ、ドミニオン型だ。所謂喰う悪魔と呼ばれている。隣の部屋の個体はＴｙｐｅ－Ｖ、ヴァサゴ型だ」

「ヴァサゴ？　ヴァサゴ中将ですか？」

思わず駆け出しガラスに手を付いて眺める。

「うわ、なんて事だ。先生がいっぱい」

という事はつまり、と悲しくなってくる。

「学校のヴァサゴ先生はクローンということですか？」

「いや、あれが本物のヴァサゴだ」

「え？　そうなんですか、良かった。てっきり、」

「此処にいるのは達磨と呼ばれるヴァサゴを元にして造られたクローンだ」

「これを戦争で使うんですか？」

「そうだ」

何故か少将は普通に会話をしてくれている、一体何が、何かを認めてくれたのだろうか。

俺の目線に気付いた少将は、溜息を吐くと話し始めた。

「お前はあの時何故、奴の頭巾を取った？」

少将の冷たい瞳が睨むように見つめてくる。

「名前も知りませんが俺が、この手で奪う命の最後を見届けようと思いまして」

カッコ良く言ったもののクローンなのだろうと思うと心底ホッとしている。

「斬首に処される首が、何故下を向いているか分かるか？　一つは当然後ろからの方が斬り易いから。もう一つは、処刑人の瞳に焼き付くんだよ。悔恨の念が」

「悔恨ですか？」

「死に逝く人間が最後に抱く、恨みや悲しみ、悔しさ。その全てを込めて自分を殺す処刑人を見つめる。その瞳は余程心を鍛えていても僅かな綻びで崩壊させ処刑人を自滅に追いやる。お前の殺し方は気にいった、が果たして耐えられるか」

「もう今更、後戻りは出来ません。兵士として心身共に強くなります」

「そうか。あんな塵でも死んだ甲斐があったというものだな」

クローンじゃあ無かったのだろうか。

それからは殆ど地下の大きな研究室に籠りデータを取るという名目で死を感じるその直前まで毎日追い込まれた。

クローンに与えられた命令は単に俺を殺せ、という安直な指示だが一度に複数体を相手どらなければならず、当然本気で掛かってくる訳だ。だが生気の感じられないクローンが相手となれば俺も本気で殺せる。

最初は思う存分に暴れ回って楽しんでいた節もあったが無限に、且際限なく増えていくその数と、無感情に飛び込んでくる化け物は恐怖を覚えるのに申し分ないだろう。

一日に何体を相手にしているのか、数を数えている余裕はとても無い。ただ毎日終了を告げる低音のブザーを待ち続け、如何に早く効率良く殺すかだけを考え、この身に刻んでいった。


当初死ぬまで続く俺への新しい拷問かとも思ったが、今は感謝さえしている。睡魔に襲われ無音の中で眠りに着くと蘇る、あの恨めしく俺を見つめる男の瞳が。少将の言っていた事はこの事かと、未だに汗だくで目を覚ます。

毎日無心で戦いクローンを殺し続けるこの日々は、内なる恐怖を忘れさせてくれた。ビィーとブザー音が鳴り少将が室内に入って来た。凄惨な死体の山の中で何時しか笑みを浮かべる俺が居る。

「お疲れ様です、少将」

「だいぶ動きが良くなったのでは無いか？」

相も変わらず愛想が無く、少将はもしやクローンでは無いかと疑った時もあった。

「今日は命成血記の儀だ、久々に地上に上がってこい」

「え？　じゃあ俺はもう十八ですか」

驚いた、確かに自分自身の成長を大きく感じてはいたが
無我夢中で殺し合いに打ち込んでいる内に三年も経っていたとは。

服を着替え地上に向かいながら命成について少将に問われると正直に何も考えてはいないと明かした。というか考えている時間が先ず無かった。

「どうするんだ、命成は」

「いや、正直言って何も」

「そうか。それではルシファーと名乗ってくれないか」

「え、ルシファーですか？　どんな意味が」

「世界は渾沌に満ち溢れ、力だけが闊歩している。この大きな戦争に終止符を打ち、金星のように空から照らす光となって欲しい。これは名前の持つ本来の意味でもあるが建前でもある。私の大切な人とでも言っておけばいいか、その人の名でもあるのだ」

初めてこの時、氷のようなイーライ少将が人間らしく見えた瞬間だった。

「分かりました、有難くルシファーと名乗らせていただきます！」

久々に感じる太陽の光は眩しく思わず目を覆う。肌で感じる風や寒さは程よく心地が良い。

「第42回、命成血記の儀を執り行う」

本物のヴァサゴ中将が声を張り上げている、何だか不思議な感じだ。俺は一体地下で何度ヴァサゴ中将を殺したんだろうか。

当然クローンと本人とでは動きが全く異なるだろうが三年間の修行のお陰で自信に満ち溢れていた。

42回か、つまりは生き残れなかったという事なんだろう。対人戦においてのみ圧倒的な自信がついたのは良いが、戦争は銃火器戦が主だ。少将に言って格闘術からそろそろ切り替えてもらおう。

「32号0474番、前へ」

「はっ」

おっ、鬼女の奴すっかり女っぽくなったな、俺は元々お前を守る為に強くなろうと決めた。今は何を最優先にしたらいいか分かんなくなって来たが、怪我しないよう身体に気を付けて待っていてくれ。

「32号0474番、これより貴殿の勇姿を讃え、パイモン大将の名の下命成権を授ける」

「はっ、ありがたき幸せ」

「して命成改め、貴殿の名前を教えてほしい」

「ブレンダ、と名乗らせていただきます」

ブレンダか。良い名前だ、お前らしい。

「ブレンダか、良い響きだ。願わくば意味も教えて欲しい」

それは先に俺が思った。

「はっ。剣です、正しく正しい悪を斬る刃になることを誓い、この名を名乗ります」

良いじゃないか、ブレンダが感じる正義を守り通す鉾であり盾に俺はなりたい。

「承知した。では改めてブレンダ二等兵、命成と共にこの三年間の戦果を讃え本日これより少尉への昇進を認める」

「は、はいっ」

少尉か、純粋にお祝いを伝えたい、が色々と知り過ぎてしまっている俺はお前と今話すことが出来ない。

「80号0096番、前へ」

「はっ」

俺の番か、事前に少将から聞いてしまっている分、ここでの驚きは無いがブレンダに少しでもカッコ良くアピールが出来れば。

「80号0096番、これより貴殿の勇姿を讃え、パイモン大将の名の下、命成権を授ける」

「はっ、ありがたき幸せ」

「して命成改め、貴殿の名前を教えてほしい」

「ルシファーと名乗らせていただきます」

「ルシファーか。ふむ、願わくば意味も教えて欲しい」

中将は訝しげに間を空けた。

「はい、この戦争に終止符を打ち金星のように空から照らす光となることをこの命に誓います」

「……承知した。では改めてルシファー二等兵、命成と共にこの三年間の戦果を讃え本日これより少佐への昇進を認める」

「はっ、ありがたき幸せ」

今の間は何だったのだろうか、この名前にやはり聞き覚えがあるということなのか。

「尚、先日戦死したヴィクトリア中佐に代わり、今後はルシファー少佐に特務精鋭部隊S2を率いてもらう。以上だ」

ああ、そうだ。俺が殺したんだ。


命成血記の儀が終わり、隊列が向き直る。

「行くぞ、ルシファー」

「はっ」

名前で呼ばれるというのはこんなにも嬉しい響きなのか。

「罪悪感を感じることがあるか？」

地下道へ進む最中、少将が徐に尋ねてきた。

「ヴィクトリア中佐の事ですか？」

「まあ、そうだな」

「珍しいですね、少将がそんな風に感傷に浸るなんて」

「黙れ。感傷に浸った訳ではない。私では無くお前の事だ」

「お気遣いありがとうございます、でも全く問題ありません。大義の為ですから」

「そうか、ならばいい」

「それはそうと少将、銃火器を使用したより実践的な戦闘に移りたいのですが」

「分かった。手配しよう」

特務精鋭部隊、S隊。生業は特殊だ。S1とS2の二部隊からなりS1は主に暗殺と破壊工作。S2は新型兵器の開発が主な任務になる。普段は島の外で活動しているS1のカイン大佐が実に四年振りに島へ帰還するという事なので、本日のトレーニングは今暫くお預けだ。

どういう形でカイン大佐の耳に届いたのかは不明だが何度かS1への異動依頼が届いていたらしい。イーライ少将がS2に必要な人材として断り続けてくれていたそうだがどちらにせよ名誉な事だ。

今日はカイン大佐が直々に会ってどうしても手合わせ願いたいと言う。正直言って負けるのは嫌だが逆に勝ってしまってもそれはそれで問題になるのでは。なんて考えながら胸躍る自分を高まらせていた。

いつもの地下研究室、跳躍したり手足をよく回し首を鳴らす。準備運動は完璧だ。

「君か、君がルシフェルの意思を継ぐ、ルシファーね」

正装に身を包んだ背の高い細身の男。ハットを取ると短い金髪で頬の爛れた傷と強烈な圧迫感を覚える鋭い眼つきをしている。入ってくるなり、早くも上着を床に投げ、カフスをベストのポケットにしまうと腕捲りしながら臨戦態勢を整えている。

「初めまして、ルシファーと申します」

「カイン・ウェイバーだ、以後宜しく」

カイン大佐は口角を上げ笑顔を見せたようだが、その眼はとても威圧的なままで俺が知っている笑顔とは異なっていた。

「あの、宜しくお願い致します」

「うん。殺ろうか」

大佐は首を左右に鳴らしながら、ゆっくり歩いて近づいて来る。徐々に両腕を胸の前に上げると二の腕の筋肉と肘まで捲り上げられたワイシャツで太い血管が浮き上がり、鍛え上げられた身体が露見する。

細身に見えたが、近場で見ると感じる圧力が違う。恐らく背の高さと身に纏う黒いスーツが爪を隠しているのだろう。

大佐はいきなり右拳を振りかぶり間合いを詰めてきた。俺は右足から上体を後方に逸らす。大佐の狙いは間合いを詰める事では無く、肘だ！　慌てて左手で逸らすよう受け流すと大佐は流されるまま全身を回転させ左肘を振り下ろしてくる。反射的に払った左腕をかざし受けるが電気が走るような感覚と骨の軋む音が響く。俺の左腕は意に反し、だらりと落ちた。

もう左腕は使い物にならねーか。すかさず大佐は左拳を振りかぶりこれを右手で受け止める。既に繰り出されていた右足が死角から高く昇り身を屈め躱すしか無かった、が躱したはずの大鎌は鞭のように撓り軌道を変え俺の意識ごと刈り取った。


目が覚めると研究室の白く高い天井が見え煌々と光る照明が眩しい。

「そうか、俺は」

対人戦において過剰に抱いていた自信は音を立てるように崩壊していった。天井を見つめながら戦闘の描写を反芻しては挫折を繰り返す。何も出来なかった。

一方的に蹂躙されたプライドは身体に重く圧し掛かり、辛うじて首を横に向けるとガラス越しに管制部屋から除くカイン大佐と少将が見えた。何かカップで温かいコーヒーでも飲んでいるのだろう。期待を裏切り拍子抜けした俺への感想でも話しているのか。

大佐は俺が気が付いた事を確認し再び室内に入って来る。

止むを得ず痛みを堪え右腕で上体を起こした。

「ああ良いよ、そのままで」

「申し訳ありません。失望、させましたか？」

「いや、済まない。つい力を入れ過ぎた」

それはフォローになっていない。ワザとそんな言い回しなのだろうか。余計に傷を抉られる気分だ。言葉が出ない俺に向かって

「君の全力がその程度ならば、もう興味は無い。お嬢の鞄持ちがお似合いだろう。だが君はまだ若い、もし力を求めるなら、」

話の途中で少将が室内に入って来た。

「何の話で盛り上がってるんだ？」

大佐は話を止め、両手を挙げる素振りで俺を一瞥すると、部屋を出て行く。

「何か言われたのか？」

無表情で問う少将に

「いえ別に、何も」

「そうか。その腕ではもう、暫く訓練はお預けだな。休むといい」

「……はい、ありがとうございます」

少将の優しさは一層俺を苦しめた。

S2の隊長に宛がわれた部屋は広く、虚しさを引き立てるには丁度良いだろう。隊長とは名ばかりで、就任以降何一つとして任務など任されてはいない。傷はもう治るだろうし、怪我していても出来ること位、普通何かあるだろう。

だいたい俺はS2の全容すら知らない、それでいて隊長だと言うのだからお飾りにも程がある。療養という名目で約二週間軟禁されていたこの隊長部屋は今は懐かしいヴィクトリア中佐がひたすらに書き物をしていたあの部屋で俺が初めて恥辱に塗れた場所だった。

カイン大佐はもう、行ってしまったのだろうか。毎日食事を運んで来てくれるカイザー少佐という男は何も答えてくれようとはしないがもうそろそろこの部屋を出てもいい筈だ。

時計を見やると朝九時、間も無く食事が届く。ドアを二度ノックする音が聞こえ

「ルシファー隊長、食事です」

カイザー少佐、せめて少将に
「おはようございます、食事は頂きますが少将に言伝をお願いしても宜しいですか？」

「困りますよ、じっとしてて下さい【隊長】」

カイザー少佐はキャリアや見た目の年齢からしても本来次期隊長は自分だと考えていた筈だ。一番新兵の俺が【隊長】の座についた事が心底許せないのであろう。敬語こそ使ってはいるもののの表情や素振りからは恨みや妬みしか汲み取れない。

「お願いします。もう治ったと少将に伝えて下さい！」

バタン、とドアが閉められ外から錠を掛ける音がする。

「ちょっと待って、おい！　カイザー」

返事は無い。苛立ちで内側から思い切りドアを殴ったが左肘と部屋の中に虚しく音だけが響いた。足元にはいつも変わらないニシンの煮付けとマッシュポテトにソーセージ、もう食べ飽きた。

椅子に腰かけながら閉じ込めておく理由を考えてみる。一つは過保護な少将。出逢った頃とは比べ物にならない程、今では何故か俺に甘く充分にあり得る話だ。ヴィクトリア中佐の一件

以降辺りからかな。

もう一つの可能性はカイン大佐だろう。俺がカイン大佐になびいてS１へ行く事を阻止するためだ。何度か声が掛かっていると少将も言っていたし。しかしこの間の様ではもうこの可能性は無いかも知れない。

最後は一番現実離れしているが少将の身に何かあった場合だ。ここ数日の間で急に食事を運んで来るようになったあのカイザーとか言う男が何かを仕出かした可能性は考えられる。

ふと思案しながら分かった事があった。俺はカイン大佐に惹かれていたのだ。悔しいがあの人にはまだ到底及ばない、がS１に行く事が出来たならいずれ大佐を越えることも可能だろう。少将の鞄持ち。あのフレーズは嫌でも耳に残り繰り返し自問自答を余儀なくされる。

強くなりたい。これが大佐の思惑でも今は構わない。もし俺がS１に行ったとしても、カイザーにやらせてやれば良いじゃないか。

昼食が運ばれカイザーと同じ問答をし終え再び沈黙の中で思案しているとドアをノックする音が聞こえた。昼食は今し方来たばかり、少将だろうか。期待してドアの前で開くのを待っているとカイン大佐が顔を覗かせた。

「心は決まったか」

「はい！」

驚きを真っ先に感じた後、話したかった事が溢れてくるのを堪え静かに、力強く応えた。部屋から出ると大佐は鍵を掛け直し

「これである程度時間が稼げるだろう」

「夜食まで六時間は誰も来ない筈です」

「鍵を返してこなければならない。お嬢は今、司令部で会議中。Ｓ２の奴等は全員研究棟だろうから君は、Ｅ１の階段から地上に出て北東の港で落ち合おう」

「はい、了解しました」

高揚を覚えずにはいられない状況だ、逃げ出すようで少将には申し訳ないがいつまでもこんな部屋に閉じ込めておくのが悪い。後は大佐がきっと何とかしてくれる。Ｅ１階段は中央広場に抜ける時に二度使った事がある。俺は大佐に返事をした後勢いよく駆けだした。


ここから先に一体どんな事が待っているのか、期待に胸を膨らませながら北東の港で大佐を待つが一向に来る気配が無く次第に募る不安で居ても立ってても居られなくなる。

北東の港に打ち付ける黒い海と隠れている白い山肌が体温と共に期待を奪っていった。一度戻るか、いや俺が戻ってどうなる。状況が好転するとは思えない。その時、見据えていた白の山肌から黒が現れ安堵して駆け寄る。

「おうルシファー少佐、戻ろうか」

「良かった大佐。え、今何と、」

数時間前とは大佐の言っていることが違う、何があったと言うのだろう。

「残念だが君を連れ出せなくなった」

「大佐、さっきと言ってることが違うじゃないですか」

「状況が変わったんだ、お嬢が父親に泣きついたんだろう」

「イーライ少将ですか？」

「すまないな、覚悟を決めさせておきながら連れ出せないとは」

少将が何だというのだ、少将の父親とは誰なのか。悔しいが大佐がこんなに気持ちを折られてしまってはどうしようも無いのだろう。しかし少将には食って掛かり理由を問い質したい。交わす言葉も無いまま大佐の溜息を横目に、再び地下へと舞い戻る。


「ルシファー、貴様！」

Ｓ２隊長室の前には、腰に手を当て憤る少将とカイザーが居た。少将は俺を見るなり掴み掛かると
「貴様には話がある、拷問部屋で待て！」

「自分も少将に伺いたい事があります」

反意を隠さずぶつけるように少将を睨んだ。

「カイザー、連れていけ」

少将はカイザーに指示した後、俺を見る事は無く大佐に向き直った。カイザーは俺の腕を掴み引こうとするので
「自分で歩ける！」

俺は拷問部屋へと向かった。

——第二章　完

第三章　戦場に咲く花嫁

けたたましい警鐘に目を覚ました。少し手狭ではあるが、この小さな空間の一人部屋はなんだか落ち着く。反射的に体が制服を纏い、小慣れた手つきで装備を身に付けると部屋を出る。

「早くしろ、屋上に急げ」

私がこんな風に号令を出しているだなんて。少し前じゃ考えられない。何かを頑張って、と言うよりは大きな流れに身を任せていたら今に至る。そんな感じだった。

「第一小隊から順に整列、赤毛とノラは私の隊の輸送機に」

二十歳になった私は大尉に出世していた。自ら小隊を率いて出撃するようになってから早々に苦い思い出を経験しその年の新兵を死なせてしまった。

守り切れなかった若い命は何度か私の夢に悪夢となって現れ、それ以来、私はその登場人物たちに誓ったのだ。同じ過ちは繰り返さない、必ず守り抜くと。

昔に自分が感じていた不安や救われた事を少しでも後輩に伝えてあげたくて上官に進言し新兵は自分で預かることにした。

先ず最初に取り組んだことは【あだ名】で一人一人を呼ぶこと。くだらない識別番号制度で育った子たちは、私の付けたあだ名を心から喜んでくれて去年無事に命成権を得られた二人なんて、そのままのあだ名を名乗ると聞かなかった。入隊式から五年、五年もかかって階級だけは当時のカミーユ中佐に追いついたけど、あんなにカッコ良く振舞えてる自信は無い。それでも今が一番楽しいと、そんな風に思える仲間たちと巡り会えたことに心から感謝している。

命成権を得ていない若い世代も、この隊ではあだ名で呼び合い仲が良く皆活気に溢れ生き生きとしている。さあ、そろそろ着くかな。

「第二掃討歩兵小隊、準備はいいか？　装備の最終確認を怠るな。いいかよく聞け。今回は達磨の掃討だ、我々第二小隊とレイ中佐率いる第一小隊とで谷合の集落を挟撃。潜伏している達磨隊の残党を殲滅する。想定されている敵兵力はせいぜい数十人程度だろうが絶対に気を抜かないように。帰りも同じ面子で笑って帰ろう」

全体が活気で満ち溢れている、大丈夫だ。この小隊ならやれる。自分に言い聞かせるように扉を開け放ち

「行け、続け」

最後の新兵二人とは目標地点より少し離れた所で一緒に飛び降りた。

機内で教えた手順をジェスチャーで促し、二人のパラシュートが開いたのを確認してから私も紐を引く。

すっかり手慣れたもんだな、なんて自分を客観的に見ながら先遣隊に合流する。今回は掃討

戦だ、いつもより静かな戦場に緊張が張り詰める。地雷などにも気をつけなければならない。

張り詰めた空気の中、吹き抜ける風と静かに大地を踏みしめる音。目を凝らし、耳を澄まし臭いを嗅ぎ分け三感にのみ意識を集中しながら一歩ずつ慎重に歩を進める。

パキッ、っと右手後方の兵士が枝か何かを踏んだのであろう、乾いた音が響き
「伏せろ、左右に展開し合図を待て」

前方の家屋に気配を感じ、伏せて正解だった。進行方向中央からマシンガンの斉射を受け一帯を土煙が舞う。敵に逃げ場は無い。だが我々もこの一本道以外に攻め込む術が無い。

反対側のレイ中佐は向こう側へ先に降りているはずだが今どの辺りだろうか。銃撃の音がするまで少し待つか、いや先にこちらが仕掛けるべきだろう。

「榴弾構え、放て！　間隙《かんげき》を縫い前進せよ」

私の第二小隊は自慢じゃあ無いが、チンジョの中でも最も優れた部隊だ。

生存率も断トツで、この一年誰一人仲間たちは欠けていない。暇を見つけては私の狭い部屋で様々な戦術プランを練り合わせていた。その甲斐あってか、視認できるような狭い範囲であれば私が顔を向けずとも指先一つで幾通りもの展開が可能だった。

火器の使い分けも今ここだという抜群のタイミングで放たれる。まさに最高のチームと言えるだろう。

左右から理想の展開で攻め込み、私は少し後方へ下がると指示に回る。新兵を背に鷹の目のような上空からの絵面を思い浮かべ確実に制圧していった。

程無くして反対側で銃撃戦が始まると手薄になった隙を見逃さず一気に攻め込み家屋に潜む達磨を殲滅した。

打ち上げた照明弾が描く綺麗な光の軌跡が儚く消えていく様を見つめ目を落とすとレイ中佐たちがこちらに手を振っている。合流し笑顔でハイタッチを交わすと、何だか懐かしい背中を思い出した。カミーユ中佐、どうしてるかな。


乗ってきたCH—47は、二機とも戦車と補給物資を吊るして出てきた。私たちが制圧したこの谷の遥か先で戦っている突撃隊へ届けるためだ。

向こうで何かあったのか、迎えには珍しくV—22がやってきたので気になって聞いてみると単に谷間という立地のため垂直離着陸が可能なこの機体が選ばれただけのようで、特に突撃隊の真新しい情報は得られなかった。

騒がしい機内を見渡すと一機に乗合のためCH—47に比べて倍は広いV—22とは言え、満席状態で暑苦しい。

しかしまぁ、誰一人欠けること無く戻って来れたのだ。楽しそうに笑い合う兵士たちを誇らしく思え口元が緩んだ。

ふと隣に座る美少女、レイ中佐の横顔を窺うと兵士たちを優しく見つめる無垢な微笑みに思わず天使ではないかと見惚れてしまう。普段は出撃前夜などの作戦会議で形式的な話をする程度。考えてみれば、ちゃんと話したことは過去に一度もなかった。

「あの、レイ中佐」

「なあに？」

「失礼ですがレイ中佐って、おいくつなんですか？」

「もう27よ」

小さく首を振りながら下唇を突き出す仕草はまさに天使。神々しく後光が差して見える。

「私の7つも上ですか、いや全然というか全く見えません。可愛ら、いや、すみません凄く素敵です」

「ふふ、ありがと。貴女も凄く可愛いわよ」

「いやいや全然、そんなことないです！」

可愛いだなんて言われた経験が無く焦って話題を変える。

「そういえばカミーユ中佐って元気にしてらっしゃるんですかね？」

ついずっと気になっていたことを直球で切り出してしまった。変に勘繰られてしまうかと落ち着かない。

「カミーユ。死んでしまったこと、知らされていなかったのね」

「えっ……、」

言葉が出ない
「もう二年経つんじゃないかしら。突撃隊での初陣で亡くなったそうよ」

唾を飲むばかりで何も言葉が出てこない。次第に天使の顔が滲んでいき、感情が頬をつたい落ちた。

「好きだったのね、カミーユのこと。ありがとう。元上官として心からお礼を言うわ」

天使は優しく微笑んで、髪を撫でながら濡れた頰を拭ってくれた。

あんなに賑やかだった機内、雰囲気を察してか私のせいで静かにしてしまい否が応にも視線に気付く。皆が見ているから、強くあらなきゃ。震えながら唇を噛みしめたのだが、どうしようもなく堪え切れず大勢の部下の目の前で私は、無様にも声を上げ泣き崩れた。

そんな私をレイ中佐は床に両膝をついて抱き寄せると心が落ち着くまで何も言わず包んでくれていた。

「すいませんでした、取り乱して」

泣き止む頃には既に後方のハッチが開き、兵士たちは皆降りた後だった。立ち上がるとレイ中佐の胸元には青の色が濃くなった大きな染みが出来ていて何度も頭を下げたが「すぐ乾くから気にしないで」と最後に私の頭を撫で微笑み降りて行った。

恥ずかしさと情けなさで頭を掻きながら輸送機を降りる。待っていましたと言わんばかりにハッチが閉まっていく。振り返らずに下を向いたまま、鼻を何度も啜って自室へと戻った。

部屋に入るなり上着を机に投げ捨てると布団に仰向けで倒れ込む。天井に点在するコンクリートのどうでもいい染みを眺めながら暫くボーっとしているうちに気付くと眠ってしまったようだ。寒さで目を覚まし掛布団を手繰り寄せる。窓越しに見える今は漆黒の空に

「どうして死んじゃったんですか」

ぽつりと呟くと言葉にしてしまったことで、またひと雫の悲しみが頬をつたい落ちた。

頬を拭いしっかり布団に入りなおす。

瞼を閉じると二年前、初めて会議所に行ったあの日のことを思い出した。可愛らしいカミーユ中佐の仕草、そして強烈なガミジン議長の視線が浮かび目を開けた。あの後カミーユ中佐はどうしたのか、あれ以来一度も中佐を見かけることは無かった。新編成で部隊が縮小され突撃隊の宿舎も、このモイドムに移った事を知り階段を上がる時にはいつも無駄に下階の踊り場で考え事をする癖がついた程、逢う機会を待ち望んでいたのに。

一度気になりだしたら妄想が止まらず、とても睡魔が入り込む余地は無かった。朝になったらエマ少将のもとに尋ねに行ってみよう。

まるで心を写したかのように、どんよりとした空気。漆黒の空だが今は極夜の時期、この島は半年ずつ白夜と極夜がやってくる。真っ暗だがこれでも朝八時なのだ。

一晩中張り巡らされた思考は何ひとつとして解決するには至らず悶々と疑念だけが膨らんでいた。

今日はチンジョの作戦会議が午後から開かれ出動の予定は無い。少なくとも午前中に部屋に行けばエマ少将と話せるはずだ。

起き上がり乱雑に投げ捨てられた上着をバサバサと煽ぎ、そのまま羽織るようにして袖を通す。壁掛けの小さな鏡を見ながら片側が凹んだショートヘアをぐしゃぐしゃと直し帽子を被る。ボタンがまだ上まで止め切らない内に部屋を飛び出した。

「おはようございます」

「おっ、おはよう」

昨日のことで心配かけたのだろう。私の隊の龍とドッチ、それから新兵の赤毛とノラまで居る。

「ブレンダ大尉、あの、」

「ごめんね、心配かけて。もう大丈夫、ありがとう！」

努めて明るく振る舞い、四人の肩を順に叩き逃げるように通り過ぎた。

あの子たちには申し訳ないが、正直今は心にゆとりが無い。龍とドッチは私の付けたあだ名で命成を名乗った二人だ。

龍は背が高く、とんがった高い鼻と濃い茶色の瞳。昔に読んだ神話か何かで出てきた空飛ぶ龍のイメージが浮かんで付けた。ドッチに関しては、何かこうナヨナヨしているというか、うじうじしているというか。男なのか女なのかドッチなんだと、発破をかける意味で言った言葉がまさかそのまんまあだ名になってしまった。

正直いって全然深く考えていないのだけれど、まあ本人たちが気に入ってくれているならばいいか、一応止めはしたし。

新兵二人だって私と同じような赤毛の子には赤毛。初陣で野良猫のように、にゃーにゃー喚いてた子にはノラと。由来を聞かれると罪悪感に見舞われるほど安直な決め方なのだがそれでも皆、喜んでくれていた。

モイドムを出ると懐かしの育児所を横目に小走りで通り過ぎる。オリビア先生は元気にしてるかな、今度また時間がある時に寄ってみようと思う。広場に入ると真っ先に目に入る四つの石板。徐々に歩幅が狭くなり気付けば英の座標の前で止まっていた。

決して見たくない名前を上から探していく。左上に【英】と大きく一字が刻まれた石板。その横から小さな文字で今は亡き偉人たちの命成が刻み込まれている。

（65号5513番　セラフィム大佐、32号7403番　クリーブ大佐、スローンズ大佐、ザガン中将）何処にも見当たらない。

続いて右に向き直り【俊】の石板を探す。あの中佐の事だ、俊には選定されている筈。（57号〜番　アルケー大佐、アーク中将、ヴァーチュース少将）ここにも中佐の命成は見当たらない。あんなに優れた人だったのだ、私は間近で見ていたから知っている。一体どんな節穴たちが選定したというのか。中佐の報われない命成に怒りを覚えた。

薄っすらと滲んでゆく視界の中、一応【豪】の石板も確認するがざっと見た中では見当たらず、それ以上探すことはしなかった。心の中で高圧的なガミジン議長と睨み合い、早足に司令部へ向かう。

視界を黒い圧迫感が占領し始めると青と赤の門が見えてくる。今は怒りの感情しか抱けず黒い塀も、この訳の分からない配色の門も目に映る全てに苛立ちを覚えた。

門を潜るとあの黒服に呼び止められ
「所属と名前を言え」

上からの言葉遣いに腹が立つ。

「ヴァサゴ隊、鎮定殉葬所属のブレンダ大尉だ」

ぶっきらぼうに答えた。

「その口の利き方はなんだ」

いきなり右手で特殊警棒を振りかぶり思い切り振り下ろしてきた。反射的に頭と右足を引いて身を躱し、左手で黒服の右腕を掴むと重心を落とす。手前に引くと下から顎を目掛け右手の掌底を振り抜いた。

しかし黒服は私の引き手を軸に倒れ込むよう右肩から詰め寄り身を左斜め後方に回転させこれを躱す。そのまま背後から屈折した膝裏を蹴られ、私は体勢を崩し膝をついた。掴んでいた右腕を離してしまい左腕でヘッドロックを掛けられる。

本気で首をへし折る気らしい。黒服は右手の警棒を投げ捨てると自分の左拳を右腕で固定するように全力で締め上げてきた。頭に血が上り朦朧とする意識の中、遠くから電話のコール音が微かに聞こえる。

黒服は舌打ちしながら腕を離すと咳き込み悶える私の頭を蹴り飛ばし門の詰め所のような小屋に駆けていく。本当に死んだかと思った。一瞬視界が真っ白になり、眠りに落ちるような感覚でギリギリのところだったと思う。

小屋の方を見ると電話をしながらも、こちらを睨みつける黒服の男。ただの門番と侮ったがかなり腕が立つ。

昔から隻眼野郎のルシファーを含め格闘術は私が断トツだった。まあルシファーの奴は恐らく全力では無かったにしろ、ここまで私が追い込まれるなんて考えられなかった。

意識ははっきりとしてきたが近づいてくる黒服を前に、まだ立ち上がれそうにない。四つん這いのまま近づく黒服を睨んでいると
「糞餓鬼が！　通れ」

目線だけは逸らさずに睨み続けていたが、何故か黒服は司令部の扉を開けた。

呼吸を落ち着かせ何とか立ち上がると納得がいかない様子で扉を押さえている。通り抜け際に、首を傾げ溜息をつく黒服へ
「何なのよアンタ」

問いかけるが私に見向きもしない、通り抜けると目を合わせないまま扉を閉めた。

「何だってのよ」

扉の内側に呟くと前に向き直った。気持ちの切り替えが難しい、首から顎にかけて未だ痛みが残る。取り敢えずエマ少将の部屋を探さなくちゃ。

赤絨毯が敷き詰められた建物の内部は入ってすぐ左手に会議所のある二階への真っ直ぐな階段と前方に続く廊下。一階の廊下の先は屈折していてこの位置から先までは見通せない。先ず

は行ったことのない一階から探すか。

階段下は壁になっていて、そのまま壁沿いに長い廊下を進むと廊下の先はT字になっていた。

ふと振り返りながら三方向を順に様子を窺うも全く人の気配が無い。

静まり返っている建物内部は窓一つ無いせいか息苦しく、どこからか監視されているような気がして天井を見渡すが監視するシステムの類いは何処にも無いようだ。

さっきからキョロキョロと落ち着かず、まるで私は不審者だなと思いながら何となく左に延びる廊下を進む。廊下の天井中央に埋め込まれた照明の間隔が長く、全体的に雰囲気が薄暗い。

こんなところで将官たちは普段寝泊りをしているのかと思うと絶対将官職には付きたくない。

少し進むと左右交互に部屋が見えてきたが、ドアのプレートに書かれていた文字を読むことが出来ない。何かのマークのような文字の後に何となく読めそうな綴りが続いているのだがこれは想定外だった。

近場の誰かに聞いてみたいところだが誰の気配もなく、入り口の黒服になんて出来れば二度と顔も見たくない。

とは言え手当たり次第にノックして周る訳にもいかず、そのまま廊下の先へ進んでみることにした。

少し行った角を右に曲がると床の赤以外に色彩を感じないコンクリートの壁と天井が暫く続いている。ここに来た目的を今一度踏まえ直し、乱された感情を一歩ずつ研いで歩く。

突き当りの角に差し掛かると、錠の開く音に驚き進行方向右手の壁に背をつけ身を屈めた。

何をしているんだろう私は、堂々としてればいい筈なのに。

反射的に動いてしまった自分の身体に疑問を投げかけながら、そっと曲がった先の様子を窺うと斜め前方に見える分厚い鉄製の扉から出てきた黒服の男。また知らない奴だ。

不意に目が合いそうになり顔を引っ込めたが厄介なことにこちらへ来るようだ。困った、どうする。長い廊下を引き返しても一つ前の角を曲がり切る前に見つかってしまうだろう。いや堂々としていれば問題ないはずだ。数歩だけ後退し、あたかも今歩いてきたかのように黒服と顔を合わせる。

「ご苦労様です」

当たり障りのない言葉選びで答えたつもりが
「誰だお前は？」

やっぱり駄目か。すれ違いざまに肩を掴まれ
「何処へ行く」

「ブレンダ大尉であります。エマ少将に部屋へ来るようにと言われまして」

上手い切り返しだ、自分を褒める。

「そんな話聞いていないが……」

「門番の方にも許可を頂きました」

「門番？　トビーのことか？」

あの狐のような顔をした暴力的な男はトビーという名前らしい。顔に似合わず随分と可愛ら

しい名だ。願わくば意味を教えて欲しい、心の中で静かに笑った。

「まあいい。この先進んだ右側の真ん中辺りだ」

「ありがとうございます、失礼します」

静かに溜息をつく、何とか切り抜けた。でもあの黒服たちは一体。まだ後方に視線を感じ左手に見える分厚い鉄製の扉は横目で確認するに留めた。真っ直ぐ進むと右手側に幾つものドアが並んでいたが、またしても手前の部屋のプレートには読めない文字が書かれており不安が過る。しかし次の部屋からは慣れ親しんだ綴りが書かれておりホッと胸をなで下ろした。

紫伝少将、エヴァ少将。

(あ、先生の部屋だ。入隊式以降は会ってない)

次の部屋が念願のエマ少将の部屋だった。良かった、やっと見つけた。

部屋を二度ノックし
「エマ少将、ブレンダであります」

返事は無く、少し間が空いてドアが開いた。目が合ったエマ少将は困惑したように怖い顔をしている。

「お休みのところ申し訳ありません」

「こんな所までよく。要件は何？」

想定していたリアクションとは違い、怪訝そうに答える少将に少し躊躇したが
「あの、カミーユ中佐について何かお話を伺えたらと思いまして」

私の言葉で少将はみるみるうちに顔色を変え
「何のつもり、あなたのような子がまだ関わるべき事では無いの。帰りなさい！」

「え、いや少将……、」

押しのけられるようにドアを閉められ、何が何だかよく解らなかった。

頭を掻きながら溜息を一つ。その場にいつまでも居る訳にもいかず来た道に向き直り歩き出した。

何だというの、どういうこと？　私はただカミーユ中佐に何があったか知りたいだけなのに。

すると正面の角からトビーの姿が見え、あからさまに大きな溜息をついて見せた。トビーは鉄製の扉の前で止まると、こちらを睨むように見ていた。面倒くさい奴だと思ったが今更こちらも引き返せない。目線を外さず歩み寄る。

「先程はどうも、トビーさん」

敢えて明るく言ってやった。

「貴様何故俺の名前を、馴れ馴れしい。下等な人種が調子に乗るなよ」

酷い言われようだ。頭にきたがトビーは少し考えるような素振りをし
「カイザー少佐だ。二度とファーストネーム何かで呼ぶんじゃない。とっとと帰れ」

促されるまま来た道を再び辿り直す。

ファーストネーム？　意味が解らない。カイザー少佐と言っていたが、あの男トビーでは無いのか？　二つ名前があるのか？　ファーストということはセカンドがカイザーということな

のだろうか。

考えながら歩を進め次の角を曲がると、ドキッとした。通路の中央に小柄で白衣を身に纏った眼鏡の女性が立っている。

「うわ、」思わず声が漏れた。

「ブレンダちゃん、はじめまして。一度貴女を生で見てみたかったの」

不気味に嗤うこの女性は一体。

二十代後半くらいだろうか、床につきそうな長い白衣の裾、中には黄色い襟巻付きの暖かそうな服を着て、下には黒いスカート。誰でも警戒するだろう。

「失礼ですが貴女は？」

「ティラワです。少将？　だったかな」

あからさまに不審だ。

「私に何か御用でしょうか」

「堅いなー、君も。違う、それじゃ私のブレンダちゃんじゃあ無い」

「も？　はい？」

あまりに砕けた喋り方をする人だ。

「貴女を表すペンタゴンは理想の形に近づいている、でもまだ駄目。不安定な精神面からか能力の浮き沈みが激しいの」

突然真顔になったかと思えば、何やら訳の分からない事ばかりを続ける。

「もうその時は近いわ、貴女は気付く。私は花嫁を信じてる、応援しているわ。頑張ってねそれじゃ」

意味不明なことを捲し立て、その女性は後ろに向き直るとそのまま振り向かず行ってしまう。今日は厄日かと思うような一日だ、しかし得体の知れない何かが隠されている。大きな存在を認識出来た一日でもあった。

ふと想い人の親友であろう存在を思い出す、アベル大尉だ、いや今は中佐だったか。モイドムへ戻りカミーユ中佐のこと、あの人なら教えてくれるかもしれない。

カミーユ中佐には必ず隠された何かがある。再び司令部の入り口を通ると、もう一人の黒服が無表情でこちらを見ていたが横目で一瞥し小走りで司令部を後にした。


所属も何もかもが謎の黒服たち、そしてあいつ等が出入りする鉄製の扉。エマ少将の反応と白衣の女性。不可解な事が一度に起こり過ぎた。歩きながら考え耽り状況を整理していくと新たな疑問符が頭に浮かんだ。あの鉄製の扉、あの位置はどう考えてもおかしい。司令部に入る前に見た風景を思い浮かべ、やはりおかしいのだ。

黒い塀との距離感。中に入って思ったが、かなりの奥行きがあった。真っ直ぐ進んで左、右。あの位置、黒い塀の向こう側だ。想像が合致し確信した。絶対そうだ。では黒い塀の向こう側には一体、何があるのだろう。何を隠しているのか。幼少期から刷り込まれた鉄の掟、絶対に近づいてはならない危険な禁止エリアという存在。

何かを隠すにはうってつけの場所だ。いよいよ妄想は大きく膨らみ、一時その方向性を見失った。

モイドムに着くと手近な兵士を呼び止めアベル中佐の部屋の場所を尋ねる。毎度思うが建物側面に取り付けられた機体や物資用のエレベーターはあるというのに何故兵士用は無いのか。七階まで事ある毎に上り下りする労力と無駄な時間を誰かに訴えかけたい気持ちだ。三階に上がると右手に進んで二部屋目、近い、ズルい。内心愚痴を零しながら部屋をノックする。


「アベル中佐、ブレンダです」

少し待つとガサガサと物音がした。

「アベル中佐、おいでalong?」


「ああ、はい。ちょっと待って」

間をおいてドアが開くと、ぼさぼさの頭を掻きながら眠たそうな中佐。

「ああ君か。入って」

「し、失礼します」

部屋に入ると中佐は大きな欠伸をしながら、こちらを向いてベッドに腰掛け椅子へ掛けるよう促される。

「珍しいね、チンジョの君が来るなんて。ご用件はなんでしょ」

優しい口調であったが、何かを見定めているような眼つきだ。

「……カミーユ中佐について伺いたくて」

エマ少将の時のことがある、慎重な語り口で切り出したが今の所、返答する様子は無い。

「アベル中佐はカミーユ中佐と同期で親友だと聞いていましたから、もしかして何かご存じではないかと」

耳を傾けながら、値踏みするように私を見たまま依然口を閉ざしている。

「実は先程、司令部に行って来ました。正直疑問符ばかりで考えが未だ纏まらないのですがカミーユ中佐は何か大きな、隠された何かによって、」

「分かった」

中佐は話を遮ると小さく頷き話し始めた。

「君はまだ何も知らなさ過ぎる、それは凄く危険な事だ。君が隠されたその何かを知りたいように僕は今君の、覚悟の度合いが知りたい」

寝起きの見た目とは裏腹に真剣な中佐の眼差しを臆することなく見つめ返し
「本気です。本気で隠されたものを暴き出し、それが私の思う悪ならば切り伏せたいと、そう考えております」

中佐は目を逸らすと、少し考えてから頷き
「覚悟はあるんだな、途中で降りることは決して許されないぞ」

「はい、心得ました」

改まって座りなおした中佐は、溜息を吐くと覚悟を決めたように語りだした。

「ええと、先ず君は戦場で赤軍についてどう思う？」

「違和感を覚えています。非常に単調な動きで読みやすいですが感情がまるで感じられません」

「うん、それで？」

「それで？　えと、あと体型です。あまりに酷似した体型の兵士しかおらず、」

「うーん不合格」

中佐は首を振りながら遮ると
「何人か殺した兵士のヘルメットの下を見てみるといい。それで分かる」

「え、どういう、」

「次に禁止エリアについて、君は上空からよく見たことがあるかな？　あれは光学迷彩を用いたホログラムだ」

まるで将来議長にでもなりたいのかと思う程、一方的に話を進める人だ。

「光学迷彩？　では下に、」

「俺は一度、部下にわざと指定コースとは違うコースを辿らせて、禁止エリアの上空を通るように帰って来たんだ。その時に禁止エリアに向けて戦場から持って来たでかい瓦礫を落としたんだが、風景が歪んだんだよ一瞬。見えているのは白く凍った山肌の筈なのに、いきなり視界から消えて、何か建物にぶち当たった音が聞こえた」

話を興味深く聞きながら、一定間隔の間に、果たして相槌や私のコメントは必要なのか実に悩ましい。

「何か隠された施せ、」

「モイドムに着くや否や司令部に強引に連れていかれて丸一日尋問されたよ。指定コースを外れた理由だの、瓦礫が機体から落ちた理由だのを何人もの黒服が代わる代わる同じ質問をしてきた。嘘の言い訳を一貫して同じ回答で返し続け何とか解放されたんだ」

「黒服！　黒服につい、」

「散々粛清されたせいで、腕なんか暫く上がらねーし、俺の美顔が一週間くらい腫れたままで困ったよ」

どうせ遮るのだから、リアクションを求める素振りはやめてほしい。

「それは大変でし、」

「でもその一件で俺は確信した。司令部の奥にある鉄製の分厚い扉を知ってるか？」

もう頷くだけにした。

「あの先は間違い無く黒服どもの基地だ。あいつらが禁止エリアで何をやってんのか。それで死体と結びついてからはもう、」

「はい！　中佐すいません、宜しいですか？」

「何だよ？　人が話してる途中で」

「すいません、あのカミーユ中佐の話しはいつ頃出てきますか？」

「だからここからだよ、聞いとけ。えーと、それから考えうる疑念をカミーユと共有してだな、」

いきなりアベル中佐は立ち上がると
「やべっ、作戦会議忘れてた！　取り敢えず今はまだ何も知らないフリをして過ごすんだ。今日の夜もう一度部屋に来い、いいな？」

一方的に話し終えると、バタバタと部屋を出て行った。

「ヤバい、私も会議行かなきゃ」

慌てて部屋を出て会議ホールへと急ぐ。

アベル中佐の性格は兎も角、信頼出来る強い共有意識が芽生えた気がして結構嬉しかった。

小会議室、チンジョの作戦部屋の扉を勢いよく開きながら
「すいません、遅れました！」

部屋中に溜息のシンクロが聞こえる。

ヴァサゴ中将の授業めいた進行のもと明日行われる殲滅作戦が発表されたが敵陣の動向によっては急な出動もあると可能性を示唆され少しでも秘密裏に動く時間が欲しいのに、と下唇を突き出した。

作戦自体かなり難易度は低く、折角ならばアベル中佐に言われた死体の確認をしてみようと思う。死んだ兵士の顔をわざわざ覗き見るのは気が引けるが答えに繋がるヒントがあるのなら。

部屋に戻り首元のボタンを一つ外した時、緊急出動の警鐘が鳴り響いた。

「へ？　まさかこんなに早く」

普段作戦での出動に措いては低いブザー音が短い間隔で数十秒鳴り続けるが緊急出動の場合は長い間隔で高音のサイレンが鳴り響く。落ち着かない不安を誘う不協和音だ。やむなく首元のボタンを締め直し、そのまま部屋を出て屋上に向かった。

今回の作戦内容は特に急を要する必要性を見出せない。我々は小規模の集落にて武装を構える赤軍の中隊、これに対し突撃隊のアベル小隊及びオセ少尉率いる小隊と共に殲滅せよとの内容だったが、チンジョからも二つの小隊を出すという手厚さだ。中隊はせいぜい六十人もいないだろうし、我々の向かう少し離れた集落に兵を出すくらいなら少しでも大隊が占拠するエリアに兵を回すべきだ、と進言したが上の決定だと一蹴されてしまった。

V―22二機でわざわざ攻め入る程かと溜息を漏らしかけたが部下の前では毅然とした態度でなくては。垂直に飛び上がると思い出したように禁止エリアを覗いてみる。考えてみればいつも出動する方角は決まって南東だった。そこから急に方向を変え遠回りして北西に進行した事もあった。

改めてまじまじと見た所で、禁止エリアは鬼の角から伸びる氷漬けの綺麗な白い山肌が黒い塀に囲われている、いつもの光景。これが光学迷彩によるホログラムだと言うのであれば、実際にはあの場所に何があるというのだろう。

考えようによっては簡単な作戦だからこそ逸早く片付け、アベル中佐から真実を教えてもらいに行ける。いや駄目だ、慣れは足元を掬う。これは戦争なんだチームの為にも今は作戦に集中しよう。

皆に作戦内容を落とし込み、目標地点から少し離れた北西に突撃部隊の輸送機、南東に我々チンジョの二小隊が着地。それぞれの小隊が二方向に分かれ四方から囲い込む。私のチームは南側からだ。

今回赤軍側の情報は少なく、中隊規模が武装占拠しているという事しか分かってない。まあ本来詳細が判っている普段の方がむしろ、おかしなことだとは思う。

【ダウマット・アル・ジ、】看板の先は焼け焦げ、ひしゃげている。風で運ばれてきたのだろう子供の服には赤黒い染みが付いていた。戦争の爪痕は見るに堪えない。

我々が進行する南側は目標地点から視界を遮るものが無く、かなり後方に着地した為に地雷や狙い撃ちをされぬよう慎重に進みながらも逸早く到達を求められた。チンジョの標準装備であるＨＫ－４１６アサルトライフルの射程にはまだ遠いうちに西側から銃撃戦の様相が窺えた。アベル中佐の方角だ、急がなければ。

ようやく南側の配置に着けた頃には作戦完了の合図である小型の照明弾が上がりオレンジ色の揺らめきが落ちてゆく。

狙撃を恐れた余りに少し後方へ降り過ぎたと猛省した。

その時北西から飛び立つ小型機が見え、不自然な光景に違和感を覚えたが
「大尉、落ち込まないで。たまにはこんな日があってもいいじゃないですか」

肩を叩くドッチの慰めに
「ん、ああそうだね、合流して帰ろう」

あの小型機は戦場で何をしていたのか、戦闘機の形には見えなかったが。

間も無く南東の合流地点にレイ中佐の隊がぞろぞろと集まって来た。もう一機のV—22も北西側に降り立ったようだ。

「レイ中佐、お疲れ様でした」

「ブレンダ大尉、お疲れ様。流石ね」

脱帽し煌めく金色をなびかせ近づく笑顔のレイ中佐に
「何がです?」

「今回ウチの小隊、敵兵一人にも遭遇せずに終わっちゃったの、ごめんね」

小さく胸の前で手を合わせ、ペロッと舌を出す中佐の仕草は非常に可愛いのだが
「え、いや私たちの小隊も実は会敵していないんですよ?」

「あれ?　そうなの。まあ今回の作戦はブレンダ大尉が会議で言っていたように過剰であったとは思うから、突撃隊だけで充分だったたってことなのかしら」

「そう、いうことなのですかね」

何か腑に落ちない。肩透かしで会敵していないからなのか。

「レイ中佐、そういえば合流の少し前位に小型機が飛んで行くの見えませんでした?」

帰りの機内で違和感をぶつけてみる。

「小型機？　見てないわ」

「遠巻きでしっかり確認は出来なかったのですが、武装していない民間の小型機に見えたので不思議に思いまして」

「え、まさか。一応戦場だった訳だし、それはあり得ないと思うけどな」

「ですよね、すいません私の見間違いかもしれません」

「最近遠方に出動続きだったし疲れてるんじゃない？　帰ったらゆっくり寝なきゃダメよ」

「はい、寝ます」

本当に綺麗で可愛らしい方だ。

天使との会話を独占している私に対し、男性兵士からの羨望と嫉妬の眼差しを痛い程感じる時がある。じゃなくて、あの小型機どう考えても違和感を覚えずにはいられない。

まさかあの黒服が、いや流石にそれは考え過ぎか。本当に疲れているのかもしれない。でも今は帰ったら先にアベル中佐のトークショーを聞きに行かなければ。

モイドムに着くと和気藹々と各自部屋に向かう中
「ブレンダ大尉、今日これから久々に皆で勉強会しませんか？　今日自分ら何もしてませんし」

龍は本当に勤勉な奴だ。

「ごめん、今日はこの後別の会議に行かなくちゃいけないんだ」

レイ中佐の真似をしてみたが、自分でやっておきながら恥ずかしさで逃げるように部屋に入った。

部屋に入ったのはいいが、何だか上やら廊下やらが騒がしい気がする。座りもせずに再びドアを開き首だけ出して様子を窺うと、休む間もなく働く運搬用の昇降機が可動音を奏で、屋上から何人もの兵士たちがドタバタと階段を降りてゆく。大佐になったらこれ足音がうるさくて眠れないいんじゃないかな。

少しだけ横になるつもりだったのだが、どうやら寝落ちてしまったらしい。

アベル中佐の怒った顔を想像し上着を慌てて羽織ると階段を下りながらボタンを締めた。

部屋に着き何度かノックしたが返事は無く、もしや中佐も寝ているのではと
「失礼しまーす」

そっとドアを開け、中を窺うが中佐の姿は見当たらない。すっぽかされたのかと頬を膨らませ自室に戻った。


翌日、ノックの音で目が覚める。

「ブレンダ大尉、入るわよ」

目を開くと、舞い降りた天使の姿が眼前に在り、私は遂に死んだのかと
「ブレンダ大尉、起きて」

「あ、レイ中佐。おはようございます」

時計を見るとまだ朝七時を過ぎたあたり。午後一時からの定例会議には、まだかなり時間が

あるのだが。

「中佐、どうされました？」

正直まだかなり眠いのだけれど。

「将校全員参加の緊急招集がかかったの。私もよく分かっていないのだけど、また新編成に変わるらしくて」

「え、まだ二年ですよ？　やっと今の体制で定着してきたのに」

一気に目が覚めた。上着を羽織り髪をぐしゃぐしゃとした後手櫛で何となく梳かすと帽子を被って誤魔化した。階段を下りながら、残った幾つかのボタンを締めていく。

「急がないと、遅れちゃうわ」

マイペースそうな天使はきっと、これでも走っているつもりなのか。どう見ても歩いているようにしか見えないのだが。むしろ私が中佐のペースに合わせて歩いているのだけれど。

でも多分こういう方は大抵何でも許されてしまうタイプだと思う。性別関係無く、誰から見ても美人で得するタイプだ。加えて性格も良いと来たら向かうところ敵無しだ。

三度目の司令部、今日は門番が既に扉を開けて待っており
「早くしろ。あっお前！」

「カイザー大佐、おはようございまーす」

私に気付いたトビーが睨んでくるので、わざとらしく明るく切り返し通り抜けた。

会議所に着くとレイ中佐がスッと入り

「遅くなりまして申し訳ありません」

私も続けて入ると、全体がこちらを一瞥したものの、特に何事も無かったように席に座ることが出来た。ほらね、やっぱり。

無敵の天使を味方につけた私は、自分の名が記入された席札に内心舞い上がっていると
「お前はいつも遅れてくるな」

「はっ、申し訳ありません」

議長の言葉に慌てて背筋を伸ばした。

ガミジン議長。この男がきっと黒服たちのボスだ、直感でそう思う。同時に議長がカミーユ中佐に何かをした筈なのだ。あの人がそう易々と戦場で散るなんて考えられない。

「えー、では開始が何故か遅れたが、会議を執り行う」

厭味ったらしい男だ。

「本日緊急で召集をかけたのは、昨日の中東基地強襲作戦についてだ。各部隊知っての通り大掛かりで且、急な作戦だった為被害の規模は想定していた範囲を超えた」

大掛かり。師団を叩きに行った方の事か。こっちは会敵すらせず終わってしまった、だから初めから配置の人員に物申したのに。

「今回は雑兵ではなく、取り急ぎ影響のある将校のみの戦死者を発表する」

言葉の選び方をもう少し考えるべきだ。

「鎮定殉葬からエマ少将、突撃隊からアベル中佐。尚、両隊共に小隊は全滅し、」

「ちょ、ちょっと待って下さい！」

思わず立ち上がってしまった。

「アベル中佐の隊が全滅ですか？」

そんなことあり得ない。

「話を聞いていなかったのか、お前は。今そう言った筈だが」

そんな馬鹿な。チンジョの二小隊はあの日、会敵すらしていないというのに。

「えー、邪魔が入ったが前述の二小隊に生存者はいない。将官と佐官を失い編成にも大きな影響が考えられる。よって新たな人事通達は追って各員に通達するが先ず新編成についてだ。ちょうど良かった、お前の小隊所属のままになっている龍少尉を突撃隊に転属、以後小隊を率いてもらう。本人へ伝えておくように。以上だ」

ふざけるな、一方的過ぎる。エマ少将まで亡くなった？　そんな馬鹿な。大体全滅だなんてあり得るのか、いや少なくとも昨日の作戦に措いては絶対あり得ない。もう一つの小隊は確かオセ少尉と言ったか、モイドムに戻って至急確認しなくては。


会議所を駆け出し、入り口のトビーには目もくれず駆け抜ける。途中天使を置いて先に帰って来てしまったことに罪悪感を覚えたが急いで確認しなければならない。カミーユ中佐の事を聞きに行った二人がたまたま揃ってその日に死ぬなんてあり得るのか。

逸る不安に居ても立っても居られない、私も殺されるのかも。モイドムの正面入り口に着くと見覚えのある礼装を身に纏った眼帯の男が出てきて思わず足を止めた。

「おお鬼女、じゃ無くてブレンダ少佐か、久しいな」

「隻眼、じゃ無くてルシファーか。珍しいなモイドムに居るなんて」

ん、今何て言った？

「色々と忙しくてさ、じゃあまたな」

小走りに行ってしまったが、今は兎に角急がないと。あんな奴の相手をしている場合では無いのだ。

三階ですれ違った突撃隊の兵士にオセ少尉を尋ねると、救護室にいるらしい。では昨日の殲滅作戦は単に北西側に敵方が集中し、向こう側では激戦が繰り広げられていたのだろうか。慌てて踵を返し再び階段を下りる。

一階に戻り右に曲がると救護室の前には数人の人だかりが出来ていて泣いている者も居た。まさか、と人だかりを掻き分け救護室に入るとすぐ手前のベッドの下には赤い水溜りが出来ていた。

首を振っている救護班長に状況を尋ねる。

「昨日同じ作戦に参加していた者です、状況を教えて下さい」

「自殺だな。恐らく意識が戻ってから、昨日の事を思い出して耐えきれず、って所じゃないか」

「昨日の事？」

「オセ少尉だけは奇跡的にまだ息があって何とか夜通し応急処置したんだが残念だよ、まだ若い兵士がベッドの上で死ぬなんてな」

「オセ少尉だけ？　小隊の兵士は」

「全滅だったとさ。余程激しい戦場だったんだろうよ」

オセ少尉は右手に医療用の小型ナイフを持ち左手首を切っていた。鼻は折れ、どす黒く腫れあがった瞼。戦場で負う傷とは到底思えない。この顔では制服にある刺繍が無ければ性別すら判断出来ないだろう。

やられた、完全に先を越された。これは当然自殺などでは無い、見渡した限り医療器具はベッドの向かい側にあるこの戸棚だが、あの傷でベッドから降りて小型ナイフを持ち出しわざわざベッドに戻って丁寧に掛布団を掛け直してから自分の手首を切ったというのか。絶対に不可能だ。

救護室を出て、勢いで司令部に乗り込むつもりだったが思い留まり、悔しさを噛みしめながら七階までの階段を上る。確実に大きな何かが動いているんだ。

部屋に戻るとドアに封筒が挟まっている。辞令か、いつまでこんな非合理的な手法を続けるのだろう。わざわざ紙を人に運ばせるなんて。何かもっと近代的なものを開発出来ないものなのだろうか。

封を破り捨て雑に取り出すと本日付けで佐官職【少佐】に任命とある。今更官位に何の感情も抱けない自分が居た。部屋の移動は明日か。

「ん？　そう言えば」

ルシファーとすれ違った時の事を思い出した。あいつは何をしにモイドムに来たのだ、不透明なS隊の任務内容とはもしかして。あいつがオセ少尉を殺したのか。

いや、あり得ないだろう。あの時あいつは私の事を【少佐】と言っていた。冗談にしては中途半端だと突っ込みを入れる気にもならなかったがつまりはあいつがこの封筒をわざわざ七階の私の部屋まで運ばされたんだろう。ご苦労な事だ。S隊の任務とはこういった雑務をこなす事なのだろうか。

ノックの音に振り返る。

「ブレンダ大尉、いらっしゃいますか？」

龍の声だ、ちょうど良かった。扉を開く
「龍、ちょうど良かった入ってくれ」

「あ、はい失礼します」

私はベッドに腰掛け、龍を椅子に促した。

「まあ座れ」

「ブレンダ大尉、あの、」

椅子に座りながら、机に置かれた辞令を見て
「ついに佐官ですか、おめでとうございます！　流石はブレンダ少佐」

実際に呼ばれてみると照れ臭いもんだな。

「ん、ああ。ありがとう。それで龍の要件は？」

額を掻きながら、話を逸らした。

「はい、実は不審に思っていることが幾つか重なりまして、やはり信頼出来るブレンダ少佐にしか相談できない事かと」

不思議な感覚を覚えた。私は頷きながら続きを促す。

「実は、自分を高めるために北東の港の外れでトレーニングをしているのですがそこで見たこともない船が来航してきて見覚えのない黒服の男たちが大きな積荷を降ろしていたんです。思わず塀の際で木片と雪とで壁を作り隠れていたんですが、そこに現れた青鬼が何故かペコペコと何度も頭を下げていたんです」

龍、お前ってやつは。心底思う、私のチームは何をするでもドンピシャの行動が出来る最高のチームだ。少し口元が緩んでしまった。

「成程、続けて」

「はい。それからは万が一見つかった場合に備えトレーニングを装いながら黒服の動向を探るようになりました。奴らは主に積荷を持って来たり、島からコンテナを運び出したりしていたんですが、あの青鬼に対し【生産】速度が遅いだとか効率が悪いとかで粛清していて、到底想像出来なかった光景でした」

「あのパイモン大将が？」

龍は私よりも前に気付いていて、とっくに調べ始めていたんだろう。しかし今後はもう一人では危険だ。

「観察は今でも続けているのですが自分一人ではこれ以上の情報が望めず、もし可能であれば少佐にも協力していただけないかと思いまして」

「ふふ、本当にドンピシャだな。龍は特に」

「と言いますと少佐も既に、」

「ああ。とは言っても黒服とは差しでボコボコにされたくらいなもんで、龍の方がよっぽど詳しいかもしれない」

「少佐が差しでやられたんですか？」

「ああ悔しいがな、本気で殺されかけた」

「あの少佐が、想像出来ないな」

　全く龍は謙遜が過ぎる。恐らく私より既に格闘術は龍の方が優れている。

「龍、もう北東の港へは行くな。今後は一人での調査も厳禁だ。正直私にも龍が格闘術で負けるような画は想像出来ないが、奴らはかなりの手練れだ。数人に囲まれでもしたら流石に龍でも厳しいだろう」

「はい、承知しました」

「とは言え龍がまさか、そこまで勘付いているとは思わなかったがとても心強いよ。ありがとう」

　ここ数日で味わった切迫感から解放され、胸の内から力が込み上げてくる様だ。

「いえ、自分こそ少佐がこんなに、この話を受け入れてくれるとは思ってもみなかったので驚いています。あ、あとそれから昨日の中東作戦の時なんですが我々が敷いた南側の布陣配置で自分は一番西側に配置されていました。その時に低い建物の屋上部分から飛び降りる黒服が見えたんです。一瞬でしたが確かだと思います。その後すぐ不審な小型機が飛び立ち、照明弾が打ち上げられて」

おお、龍は凄いな本当に。

「実は私も小型機が飛び立つのを見て、不審に思ったんだ。その時はそこまで深くは考えなかったが今日緊急招集が掛かって内容を聞くなり驚いたよ。あの作戦時突撃隊の北西側は全滅だったそうだ。唯一まだ息のあったオセ少尉もつい先程、殺された。間に合わなかった」

「殺された？　え北西側が全滅？　あの作戦でですか？　それはあり得ないですね」

「そうなんだ。だからこそ私は、この先の見えない深い闇を探ってみようと思う。そしてカミーユ中佐やアベル中佐、オセ少尉を殺した奴らを、この命成を賭して必ず切り伏せてやる」

「自分もお供します。この命成は元々ブレンダ少佐、名付けて下さった貴女に尽くす為誓った命です」

溜息を吐き切ると覚悟を決めた。

「分かった、ありがとう」

心強い、がしかし二人ではまだ心許ない。

「でも二人ではまだ心許ないですね。仲間を集めましょう」

「はは、私も思っていたところだ。しかしくれぐれも慎重にな。奴らに気付かれたら龍まで殺されてしまうかもしれない」

もしそうなったら、私も流石に心が折れて立ち向かう気力を奪われてしまうかも。

「大丈夫です、少佐こそくれぐれも気を付けて下さいね。少佐を失ったら自分は、いや自分だけでなく多くの仲間たちが、」

「分かってるよ、ありがとう」

「はい、それでは小隊の仲間たちに、」

しまった忘れていた。

「すまない龍、言い忘れたが龍の転属を言い渡されてしまったんだ。突撃隊へと」

「成程、反乱分子を散らす作戦ですかね」

「そこまでは分からないが、その可能性はあるのかも知れない」

「解りました。いずれにしても仲間集めは自分に任せて下さい。少佐には少しでも怪しまれないように普段通りでいて欲しいです」

「分かった分かったよ。ありがとう」

ったくいつの間に、こんな逞しくなったのだろうか。頼もしい限りだ。

部屋を出ていく龍を見送り、もう一度ベッドに座りなおす。

ふと龍の言葉を反芻しながら整理していると新たな疑問が生じる。龍の情報は概ね信頼が置ける筈。つまり龍を信用するということは、だ。あの場に措いて作戦終了の照明弾を打ち上げたのは。考えたくないが、それ以外説明がつかない。

「誰を信用すれば……」

布団に倒れ込み天井に問いかける。


午後一時五分前、三階に下りて会議室の前に着いた。扉を開けるとヴァサゴ中将とレイ中佐が向かい合って座っている。

レイ中佐の隣に座ろうとしたが、一つ空けて座ると中佐が私の隣に詰めてきた。

「緊急招集のあと急いで帰っちゃったから、何かあったのかと思って心配したのよ？」

「ああ、すいませんでした。ちょっとお腹が痛くて」

「そう、もう大丈夫なの？」

「はい、ご心配をおかけしました」

こんな天使みたいな人を疑うのか、いやもう正直何も判らない。嗄れた声の咳払いで二人は正面に向き直る。

「えーと、じゃあ本日の作戦会議を始める。何だか少なくなっちまったなあ」

老兵は感傷に浸るような様子で続けた。

「先ず中東作戦において目覚ましい活躍をしてくれた二人には既に辞令が出ていると思うがレイ大佐、ブレンダ少佐、二人とも今後は佐官職な訳じゃ。大佐には中隊の指揮を執ってもらう。ブレンダ少佐はこれまで通り、躍進し続け、」

「ヴァサゴ中将。我々の活躍とは一体？」

思わず立ち上がるがレイ大佐に制される。

「いいじゃない、座ってなさい」

この女、まさか本当に。二人の様子を眺め、少し間を置いてから老兵が続けた。

「えー今後の作戦だが、明後日再び先日の中東エリアに向かってもらう。同様に二部隊合同戦線だ。突撃隊からはフラカン大尉、龍少尉、我々も同じく二人に。制圧した筈の拠点だったが偵察機による情報では早々に赤軍の中隊規模が集結し、武装しているとのことだ」

馬鹿な、元々敵は誰も居なかった、つまりは今回で龍と私を消すつもりか。

「今回も各部隊は、小隊を率いて四方からこれの殲滅にあたってほしい」

「はっ、承知しました」

隣でレイ大佐が返答するのに対し、私は頷くだけに留まった。見た目は未だに天使の様だが今の私には大佐が悪魔の様にも見えてくる。

会議が終わりヴァサゴ中将が出ていくと
「やった、大佐に昇進しちゃった」

本当に喜んでいるのかどうか、語るようなその言葉と微笑みには感情が見えない。

「おめでとうございます、大佐。しかし先日我々は何も出来ていません。大佐も会敵すらしてませんよね？」

「ブレンダ少佐、堅いだけじゃ駄目よ。折角昇格出来たんだか、」

「大佐、一つだけ伺いたいです。あの時、照明弾を上げたのは大佐ですか？」

大佐は真っ直ぐ見つめる私の瞳から目線を一度、左上に逸らした。

「違うわ、私たちは東側から配置に着くまでに森を抜けたのだけれど、狙撃を怖れて少し後方に降り過ぎてしまって。所定位置に着く前に照明弾が見えたからそのまま南東の合流地点に向かったの」

「そうですか、分かりました」

「何か、私を疑ってるの？」

「いいえ、ただあの時の状況を整理したくて」

「そう、きっと最後まで戦ったオセ少尉が打ち上げたんじゃないかしら」

「そうですね、失礼しました」

目の前で平然と話す天使の顔に、天井から照明が影を差す。私には影るその表情がまるで悪魔の微笑に視えたのだ。


今日と明日と、幸いにもまだ一日半の猶予がある。この時間を使って何とか信頼できる仲間を集めなくては。龍の様子が気になり廊下に出て隣の会議室を見やるが、どうやらまだ終わっていないようだ。レイ大佐が出てきてしまうので取り敢えずは部屋に戻ろう。

机に腰掛け卓上の辞令書に目を落とす。私は覚悟を持ってそれをぐしゃぐしゃに丸めると屑籠に向け、かなぐり捨てた。

夜になり普段通り過ごす様、釘を刺された言葉が浮かびながらも、何もしない訳にはいかないと頭の中で龍に言い訳を述べる。そろそろ動くかと部屋のドアを開けると、一枚の紙がヒラりと廊下に落ちた。誰だろう？　龍かな。三つ折りにされた白い紙を取りドアを閉めて部屋に戻ると、立ったまま紙を開く。

【唯一人では絶対に動かないで下さい。貴女一人ではありません、仲間集めについては信の置ける有志がいます、安心してください。正しく導く貴女の下に集います戦闘の準備が整うまで少し身を隠します明日の夜までは複数の人がいる場所で過ごしていてください。ガミジン議長という人物を知っていますか、二人組の黒服と先程歩いていて会話を聞き、ついに大戦が始まる、とか言ってました。結集する我々との事でしょうか。みんなで力を合わせればきっと勝てます。二十時に　D】

また手の込んだことを。前に戦場で万が一敵に捕まった時の為に暗号文だの色々と遊び半分で決めていた事を思い出した。

その時に使うイニシャルがD、ドラゴン。つまりは龍の隠し名だ。

文面の下には三つの暗号文が並んでいる。


【4、6、8、9、10、12、14、15、16、18、20、21、22、23、24、25、26、27、28】

【サム中将とサラ大佐はウィル少尉が来ると頭を付き合わせて明日の作戦を練る】

【FOKPZ、DMINX】

これを解きながら待機してろってことか、我ながら粋な良い部下を持ったもんだな。布団に倒れ込み頬を緩めながら溜息を吐く。しかし数列の方が鍵だな、解読出来ずに待ち合わせ場所に行けませんでした、じゃあお話にならない。それにしたってもう少し簡単でも良かったと思うが、しょうがない解いてやるか。たまの息抜きにこんなのもいいだろう。


全く、解けなかったらどうするつもりだったのか。無事に合流し安堵したように笑みを浮かべる龍の肩を叩きながら私も頬を緩め零す息に愚痴を混ぜ込んだ。

「無事に合流できたから良いが、あの最後の問題の意図が未だに解らないぞ？」

訝しげに聞く私に龍は真剣な眼差しで答えた。

「殺されるかもしれない。でも自分はそんな心境で戦場に向かうのではなく、いつもみたいに皆で馬鹿言って笑ってる、あの優しいブレンダ少佐が好きなんです。いつ死ぬかなんて誰にも分からない、でもだからこそ生きている今を楽しみましょう。少佐のことは自分がこの命に代えても必ず守り抜きます。だから今は安心して笑っていて下さい」

あまりに真っ直ぐ、心の臓目掛けド直球にぶつけられた龍の言葉は、ただただ嬉しくて恥ずかしかった。武術や戦術に長けていると自負する私だったが、赤面する以外の手段が思い浮かばない。まして何故か目頭が熱を帯びている。

「ありがとう」

龍から顔を背ける様に下を向き、二十歳の私は人生で初めて女である事を強く自覚した。龍に連れられ扉の中へ入ると天井が高くかなりの広さだ。奥には多くの兵士が隊列を成し、こちらを窺っている。

「龍、大丈夫なのか？」

私は不安になり小声で確認すると
「大丈夫です、皆貴女の同志です」

数人集まれば良い方だと考えていた私の予想を遥かに超えていた。

「さぁ少佐、時間は余りありません。皆にこれからの事を」

促されるまま私は一個中隊程の隊列の前に立つと、隊列の各先頭に立つ我が小隊の仲間たちに気付いた。

「ドッチ、赤毛、ノラ、それにお前たちまで」

心から誇らしく思うよ、本当に良い仲間と出逢うことが出来た。

「少佐、皆に大体の内容は既に話してあります。あとは」

凄い奴だよ龍、本当に驚かされてばかりだ。ここまでお膳立てしてもらっておいて、もう今更弱気な事は言うまい。

「ありがとう」

頷きながら龍を後ろに下がらせると、先ず不確定要素が多い事を前置きした上で司令部に巣くう黒服や先日の中東作戦での不審な小型機の話。そしてレイ大佐の名前を出した。龍の話を統合し事前に構えておくよう指示したが、自分たちが疑いを持っていることを何より悟られない事が一番大切であり各個人での行動は厳禁であると念を押した。

オセ少尉が殺されたこと、同様にカミーユ中佐やアベル中佐のこと。話しているうちに目頭が熱くなったが、決してもう涙を零したりはしない。

私が描く想いや命成に誓った信念を話し、見渡す限りの同志に感謝の意を込める。

「最後になるが、改めて皆本当によく集まってくれた。志を重ねる同志たち、さあ立ち向かう時だ。いざ行こう、共に反撃の狼煙を上げよ」

――第三章　完

第四章　降誕を悟る花婿

「さ、ルシファー【隊長】こちらへ」

「分かってるよ」

　俺が拷問部屋に入るとカイザーは外から鍵を掛けた。

　カイン大佐はこの後大丈夫なのだろうか、あれだけ強い人だ。余程の事が無い限り殺されるような事にはならないと思うが。それよりも少将の父親とは一体何者なんだろうか。Ｓ２の全容とは、俺をいつまでも閉じ込める意味とは。

　自分の言い分を組み立て、憤る少将との対戦に身構えていると壁に掛けられた見覚えのある器具に目を留める。

　ヴィクトリア中佐を殺した時に使った足に被せる【長靴】や男の俺には衝撃的だった【蜘蛛】と呼ばれる器具だ。思えばあの時、中佐は何故あんな事を。思い返した光景は身の毛もよだつものだった。

　あれは確かクローンとの戦闘訓練を始めてまだ間もない頃急に少将から拷問部屋に呼び出さ

れ、不安を抱き部屋に入ると中には全裸の中佐がベッドに拘束されていたのだ。困惑しながらも人生で初めて見た大人の女性の裸に、正直驚きより興奮を覚えた。拘束は手足だけだった為中佐は俺を睨みながら

「この施設は間違っているんだ」

とか凄い剣幕で言っていたが、結局何の事を言いたかったのか分からず仕舞い。続いて入って来た少将が

「器具の説明がてらに丁度良い」

と言い出すといきなり【蜘蛛】を手に取り熱するとソレで中佐の乳房を掴むや否や泣き叫ぶ声も虚しく、強引に引き千切った。

「正しい器具の使い方をよく見ておけ」

この時の少将は鬼の化身の様に感じられ、続いてもう片方の乳房も引き千切ると染まる鮮血の中で初めて抱いた女性への象徴が失われて逝った。目を剥き涙を零しながら濁った声で叫ぶ中佐の姿は見るに堪えず、その声に震えが止まらなかったのを克明に覚えている。

少将は表情を変えぬまま【長靴】を取ると中佐の足に装着し、よく見ておけと促すよう俺を一瞥してからボルトを締め上げる。一巻きする度に上がる奇声と軋む骨とが音色を奏で地獄のような空間の中に最早、中佐は見る影も無かった。

意識を失った中佐と鬼や悪魔の類いにしか見えない少将の所業に立ち竦む。そんな俺に気付

いた少将は何やら次の器具を手に取りながら話し始めた。

「ヴィクトリアは私たちを敵に売ろうとしていたのだ」

「敵、赤軍ですか？」

少将は俺を一瞥すると
「そんな稚拙なものなどでは無い」

呆れるように吐き捨てると続けた。

「我々の大義の為、ヴィクトリアの謀反は決して許される事では無い。貴様にもいずれ分かる
今は大義の名の下に裏切り者の首を切り落とせ」

そう言うと少将は俺に処刑人の剣を差し出し中佐の首を斬るように促した。

「致し方無いんですよね？　中佐は殺されても仕方ない事をしたんですよね？」

「そうだ。もしヴィクトリアが洩らそうとした情報が敵国に流れたら、この島は少なくとももう浮かんでいなかったろう」

そんな機密を中佐は、一体何の為に。

「分かりました」

覚悟を決め無心で振り下ろした剣は、正確に喉元を捉え切り落とす。こうして俺は、血飛沫が舞う室内で二度目の殺人を犯し、確実に前回より綺麗な太刀筋で斬首出来るようになっていた。そんな風に客観的に自分を観るだけの余裕がこの時位から備わったのかもしれない。

拘束こそされていないが、俺も今日ここで殺されるのだろうか。

不思議と恐怖は感じず、多分過去に自分が戦場でも無く二人も殺したこの場所だからこそ贖罪の意識からか、そう思えるのだろう。

俺を連れ出そうとしてくれたカイン大佐は隣で拷問されてたり何て事はまさか無いと思うが。三年居ても未だ何も判らない謎が多い部署だ絶対とは言い切れない。

中央のベッドに腰掛けていると扉が開き、少将が入って来た。何も言わず徐にベッドの対角線上に腰掛けたので背中越しに
「カイン大佐は、大丈夫でしょうか?」

少将は暫く押し黙っていたが、溜息を吐きながら口を開いた。

「随分と余裕だな、他人の心配とは」

今度は俺が黙ってみる。少しの沈黙の後
「過去のヴィクトリア然り、我々が抱える特務とは配属されたからと言って易々と周知出来る事では無い。だがルシファー、お前にはこれでも期待しているんだがな」

確かに優遇されているとは感じる。本来なら少将とは軽々しく会話をする事すら烏滸がましいのだろう。だがしかし、「自分は兵士としての覚悟を向ける矛先が欲しいんです。少将の鞄持ちだなんて言われ何もせず恵まれた部屋に軟禁されたまま、そんなの兵士でも何でも無い!」

「何だと? 鞄持ち? カインか。その件についてのみ拷問もあり得るな」

しまった、大佐の心証を悪くしてしまった。

「まあいい、お前に関しては信じるべき要因が他に幾つかあるのだ」

「要因、何ですかそれは？」

「これに関してはまだ言えん」

「少将はいつもそうやって何も教えては下さらないので、」

「だから、要因に関してのみだ。他の事については今日、教えよう。来い」

少将は立ち上がると俺を見ることは無く、そのまま部屋を出る。追うようにして後に続くと部屋の前には大佐とカイザーも並んで待っていた。

「カイザー。ルシファーを連れて【ＦＯＤ】を案内してやれ」

「宜しいんですか？」

「構わん、私はカインに用がある」

俺のせいでカイン大佐が
「あ、あの少将、大佐は、」

「愚問だ、拷問などせん。お前は散々知りたがっていた事とやらを見てこい」

良かった、てっきり本気かと。

「ありがとうございます」

「ルシファー。カイザーは嫌味な奴だが悪い奴では無い、以上だ」

「はい、行ってきます」

カイザーは苦笑いしながら頭を掻いていたが大佐の笑い声に何だかホッとした。

「ルシファー隊長、こちらです」

カイザーの案内で地下通路に出ると、今まで行ったことの無いエレベーターを背に見て左手に少し進み、右手の扉を開けるとすぐに降りる階段がある。その先には厳重な扉と教本で習ったマーク【バイオハザード】が描かれていた。

扉を越えた先にまたエレベーターがあり、今度は更に地下へと進むようだ。先程までに乗っていたエレベーターとは違い、中にあるパネルにパスワードを入力するとフロアの選択などは無く勝手に動き出した。

どの位降りるのだろう、耳がキーンとして音が遠くなり思わず唾を呑む。扉が開くと一面が白い壁で覆われており、蛍光灯の灯りが反射して眩しい。広いフロアの中はいずれもガラス張りで数人の黒服と目が合った。

「ここが我々S2の主な就労場所ですね。この階層は主にデータの集積、管理や隊員の生活スペースがあります」

何処を見てもハイテクな機材で溢れており、カイザーの説明に対してもへーとか、ほーとか正解の言葉が見つからずにいた。

中央の廊下を真っ直ぐに進むと、さらに下へ降りるエレベーターがあり、これも同様にパスワードが無いと作動しない仕組みのようだ。

カイザーは下のフロアへ着くと

「この先は最深のレベル4エリアに繋がっており防護服と前室での滅菌等お願いする事になります」

「レベル４……」

エレベーターが開くと、同じく一面が白基調ではあるが、見渡せる各研究室のガラスの壁はとても分厚い。歩いていると白衣の男が近寄って来た。

「初めまして、ルシファー隊長ですね。私この研究所を預かりますルドルフ・ファルベンと申します。イーライ様より伺っております。どうぞこちらへ」

「隊長、自分はここで待っています」

カイザーに代わりファルベン所長が案内をしてくれるそうだ。進んだ先では正装の上着を脱ぎ、シャワー室という所を通った。その後で防護服を着用し、さらに先にあるシャワー室を通ると、オートクレーブという通路を過ぎ、やっと最後の扉の先へと入れた。

「ここが我々ＦＯＤで研究している様々な細菌兵器開発室になります」

「細菌兵器？」

「はい。我々が如何に優れた科学力を持つ国と言えど世界の情勢は刻一刻と変化し続けており今では格差を見出せず戦争に措いても劣勢に追い込まれる事態にまで陥っております」

「世界、情勢？　ちょっと待って下さい、赤軍との戦争では無いのですか？」

頭が追いついていかない。

「ルシファー隊長は鬼ヶ島での出身者でしたね。情勢については後程詳しくカイザー少佐に説明して頂く方が良いかと。一先ずこのフロアについてですが、」

所長の説明によれば、難しい名前の危険な細菌を多数の同様な部屋で管理し、兵器として使えるように開発を進めているとの事だった。一度に情報が入り過ぎて頭の整理がつかない。エレベーターホールに戻るとカイザーが待っており、そのまま上階に戻りながら色々と教えてくれた。

「困惑しましたか？　細菌兵器に」

「困惑というか、それもそうですけど世界情勢どうのっていうのを先に聞きたいです」

「そうですね、先程も別の人に同じ事を説明したばかりなんですが、しょうがない」

カイザーは面倒臭そうに言うと続けた。

「今現状に措ける世界情勢は大きく分けて、争い合う四つの大国と点在する一つの中立国とで分ける事が出来ます。中立国についてはどの国にも与せず戦わない事を表明しておりますので四大勢力と言った方が解りやすいですね」

俺の理解力が無いだけなのか、カイザーの説明が下手なのか。ただの不明な単語が頭の中を通過して行く。

「我々は中東からEUと呼ばれる大陸の半分を占めているイーマ大国。通称イーマと呼ばれる国です。イーマは圧倒的な軍事力と科学力を持ち合わせた大国でありますが近年同盟を結び勢力を急激に増した隣接の連合国家である【北部連合王国】通称北連や、アジア圏の広大な土地を治める最古の王朝【千里馬《チョンリマ》】の二ヶ国から挟撃されており、大海を隔てた先にある【合衆国ハル】は今も虎視眈々と様相を窺っている状況です」

取り敢えず反射的に頷いて見せるが、全く分からない。こんな事を口頭で理解するには無理がある。

「こうしている間にも合衆国は力を蓄え争いが長引けば長引く程、合衆国の一人勝ちを助長してしまいかねない危機に直面していて新たに圧倒する力を開発すべく秘密裏に鬼ヶ島にて細菌兵器の研究が進められてきました」

　半分も理解が出来ていない。

「ええと、では赤軍というのは？」

「ここで開発が進められている細菌兵器と双頭を担う【クローン】兵器です。卑怯にも北連と千里馬は手を組み、我がイーマを挟撃してきています。元々は圧倒していた兵力も徒党を組まれ多方面からの同時攻撃をされれば徐々にその数を減らしてゆき、次に大きな戦争を仕掛けられれば歴戦の我らイーマと言えどどうなるか分からないのが実状です」

「あっ、え？　今の答えでした？」

「故に逸早くクローンの実戦配備を行う必要がありました、しかし我々イーマの圧倒的な科学力を持ってしても未だ越えられない壁が、【知能】です。肉体の作成に措いては七十年程前にあったという世界大戦終戦時に設けられた規定に違反してはおりますが、神をも恐れぬ行為であるとはいえ諸外国にしても条約の違反行為など、どの国も秘密裏に犯しておりイーマに限った事ではありません」

　駄目だ、頭がパンクしそうだ。話を流されているのか？　それとも会話になっているのか？

「知能については生きた細胞から常に新鮮な細胞核を抽出する事で端的な命令ではありますが

聞き分ける事が出来るようになりました。付随して屈強な兵士の身体を人工的に造り続ける為細胞核の保有者は生かしておかなければならず、イーマへの理解と忠誠が必須になりました。それにより賛同しない者及び他国への亡命やリークを企てる者への粛清がＳ１の任務としてあります」

カイザーの言っている事はどれも信じ難いが真実なのであろう。しかしそれでは。

「今この時も【青軍】として戦っている人達は一体何の為に？」

「率直に言って弱者は不要です。先に申し上げましたがイーマは窮地に陥っており逸早く屈強な兵士が求められています。鬼ヶ島には世界各地から戦争孤児が集められその中で廃棄処分のクローンと摸擬戦を経て生き残った強い兵士にのみイーマ国民となる権利が与えられるのです」

成程、つまりは当然こんな事許されるべきでは無いと異を唱えたのがヴィクトリア中佐であり、その中佐を殺してしまったのが、他でもないこの俺だという事なのか。

「ルシファー隊長は本土の人間では無い。にも拘わらず少将のご推薦でこのＳ隊に任命された成り上がり者。ましてや隊長だなんて正直良く思わない人間の方が多いですが、」

「例えばカイザー少佐とかかな？」

目を合わせる気は無い様だ。

「否定はしませんが、純血で無い本土の人間以外からＳ隊に抜擢される事自体が前代未聞です。イーライ様の考えですから従いますが」

「少将はそれ程に権力を持っているという事ですか？」

「イーライ・シュトラール様は我らが大国レヂン・シュトラール総統の御息女です」

「は？　それでお嬢か」

「そう呼ばれるのはカイン大佐だけです。あの方はイーライ様が幼少期に亡くされた兄であるルシフェル様と懇意にされており、近しい間柄だったと聞いております」

「ルシフェル、そうか少将の大切な人か」

「隊長が何故そのような名前を選ばれたのか不思議でなりません。まあ深読みは禁物ですね」

　こいつは嫌味な奴というより単に嫌な奴だ。

「そのルシフェル様は何故亡くなられたんですか？」

「総統の暗殺を企てました」

「暗殺、実の息子なのにですか？」

「はい。元は聖槍騎士団という総統直下の部隊があったのですが、その一件以降分断され妹であるイーライ様は離れた場所に島送りされた、という所でしょうか。あっ、コレは内密にお願いします」

　では少将は俺に何故こんな名前を。

　地下通路を過ぎ、司令塔の一階フロアまで戻ると、少将と大佐が待っておりカイザーは御役御免となった。

「では私は門の守衛室に戻ります」

「ん、ご苦労」

「案内ありがとうございました」

カイザーはイーライ少将に頭を下げるとフロアの奥に消えて行った。

「守衛室ですか？」

「ああ、折角だ。司令塔も案内しよう」

少将に案内されフロアを壁沿いに進むと、鉄製の重厚な扉があった。扉の先は雰囲気が全く違いどんよりとした薄暗さの中に絨毯が放つ赤だけが主張している。

「こちら側が所謂【青軍】の領土にある司令部だ。青軍側の人間は一部を除いて殆ど我々の意義を知らない。そもそも自分たちの存在意義すらな」

少将の口から直接言われると、より強く実感してしまい虚しさが感情の行き場を見失う。

「青軍に普段は所属を置きながらも、我々本土から来た人間は母国語でプレートが書かれているだろう、因みにここはヴァサゴの部屋だ」

「え、ヴァサゴ先生も本土の方だったということですか？」

「当然だ。ヴァサゴ・メイアーはイーマの英雄でもあり私や兄の師でもある。老いたとは言え未だに達磨型が量産され続けるのは、その老体を越える存在が現れないからだ」

先生が英雄。聞き慣れない言葉が飛び交い過ぎだ。

「先程ルシフェル様の事を伺いました。お兄様が成されようと試みたのは、」

カイン大佐がそっと俺の肩に手を乗せ
「ルシファー、物事には順序がある。お嬢が託したい想いは簡単に語り尽くせるものでは無い。少しずつ知っていくといい」
「……はい、わかりました」

司令部の一階から外へ出ると、左手には守衛室がありカイザーが会釈している。正面には赤と青の門があり中央部分から色がしっかり区切られていた。

「成程、こうなっていたんですね」

司令部に向き直ると今度は二階から一周し、二階にもある鉄製の扉から禁止エリア側へと戻り直した。二階部分は来た事が無かったが見慣れたクローンの製造レーンの他各部隊に因んだ戦闘服であろう赤軍の衣装が並んでいた。

「そういえばルシファー、仕事だ。お前の得意な拷問をやってもらいたい」

「得意って。解りました」

もう流れに身を任せる他に無いのだろうか、こうしてまた今日も人を殺すのか。

「今回は拷問して従属させる事が目的だ」

「では、殺さないという事ですね？」

「ああ、だからこそ難しいぞ」

「了解しました、頑張ります」

一階に降りいつもの拷問部屋の前に着くと
「中にはカミーユという男がいる。クローンなど複数の疑念をパイモンにぶつけてきたが殺すには実に惜しい男だ。情勢についてはカイザーが説明のみしてある。出来ればこちら側に従属させたい」
「解りました、やってみます」

部屋に入ると睨むようにこちらを見据える細身で整った顔立ちの男が椅子に拘束されていた。俺は向かい合うようにベッドに腰掛け
「初めまして、カミーユさんですね」
無言のまま訝し気にこちらの様子を窺っているようだ。当然だろう何の準備も無く世界の情勢とやらをいきなり叩き込まれたはずだ。面喰っていない方がおかしい。
「正直言って自分はカミーユさんと、ほぼ同じ気持ちだと思います。ただ生意気だと分かっていますが自分の今考えている見解と展望を聞いて下さい。まだ纏まりきってはいないのですが」

「成程。君の意見は概ね解ったよ。であるならば暫し協力関係といこうか」
「ご理解頂き、ありがとうございます」
カミーユと共に部屋から出ると、イーライ少将が驚いた表情を浮かべ大佐は笑っていた。ど

うやら本当に出来ないと思っていたのだろう心外な表情に出迎えられ思わず深い溜息が溢れ出る。

「カミーユ、貴様は理解したと。こちらの側に着くという事で違いないな?」

「もちろんです、イーライ少将」

ポンとカイン大佐がまた肩を叩く。今度のは良くやった、とでも解釈すればいいのかな。そのまま地下通路に降りるとS2の詰め所に場所を移した。カミーユさんにとっては三重復になるであろう確認の為の質問の末、改めてS隊所属の旨を聞かされた。表向きカミーユさんは戦死者として扱われるそうだが本人は肩を軽く竦める程度で、あまり意に介してはいないようだった。

兎に角、今後に備えての訓練を二人で行うことになった訳だ。ここからの二年は世界の情勢とやらを睨みながら訓練に明け暮れていたのだが気がかりであった秘密も蟠りも無くなり充実した日々を過ごした。カミーユさんとはさも旧知の仲のように連携が取れ、大佐の徹底した指導の甲斐もあって一級の暗殺者になれたと自負している。

体術だけで無く兵器の知識や世界情勢を踏まえた上で改めての受講は驚きの連続であったがお陰様で大抵の事では最早驚けない身体になった。

いつも通り定刻に訓練へ向かうと急遽、少将から召集が掛かり今後の指針について大まかな流れを聞けた。やっとだ。やっと軍人らしい作戦に漕ぎ着けたのだ。高揚感は否めない、しかし全容が掴めたとてS隊の本懐が暗殺集団ともすれば中々どうして気が重たくもなる。まして与えられた任務はS1への協力。つまり拉致又は暗殺だ。

カイン大佐の下カミーユさんと僅か三人で中東の戦場二ヶ所に赴き今回ターゲットとなる【アベル中佐】と【エマ少将】二名に掛けられた嫌疑により捕縛拷問及び誅殺を行う。

その為だけに小隊員は全て必要悪として抹殺せよ、との命令だ。思わずカミーユさんと目を見合わせたが、いきなりの収穫だった。カミーユさんの目的でもあったアベルさんの勧誘は今回で叶うであろうし、俺の目的でもあるブレンダを守る約束もお墨付きだ。その為の交換条件と言う程では無いが南方から攻め入るブレンダの小隊のみ戦場から除外、東側にいると言う我々側の潜入者であるレイ中佐協力の下、北西二部隊を叩くだけで済む話だ。

守りたい者の為に犠牲として抹殺を容認。ふざけた偽善は百も承知だが先に見据える大局を前に俺とカミーユさんの意思は固い。小一時間だったが初見で意見を交えたあの時カミーユさんとは気が合うのか、互いの見解が合致し結論に至るのに時間を要さなかった。残念なのはエマ少将か。カミーユさんの元上官でもあり残念がっていたがエマ少将については問答無用で誅殺との事だった。一体どんな裏切りをしたと言うのか。

いずれにせよ今はまだ多くを望むことは出来ない。しかし将官に昇格しているという事は同時に赤軍の実態と言うよりイーマに同調した者である訳で、一度は容認したが、堪えられなかったのだろうか。

決行は潜入班からの連絡が来次第との事であったが思いの他、報せは速く届き早々に初陣を告げる法螺貝が胸の中で鳴り響く。カミーユさんと共に正装から上着を脱いだだけの普段カイザーが着ている戦闘礼服に着替えると大佐と合流し司令部に急いだ。

「お待たせしました大佐」

「ルシファーは初陣だったね、あカミーユ君にしてもこちらからの出撃は初めてだね」

「はい。青軍としては何度も出撃していますが、こちらの飛行場はどちらに？」

「司令部一階の正面玄関を出れば解るよ」

司令部に上がると初めて一階から所謂、禁止エリア側の島内に出た。最新鋭の軍事基地と言えば想像し易いだろうか、光学迷彩によって隠されたその内側は夥しい数の戦闘機が連なる軍事要塞だった。確かに空をよく観察すると亀甲状の薄っすら線が見え隠れしている。上空からはもちろん視認出来ず島全体がステルス性能を持っているイーマ最先端の要塞らしい。

分厚い塀の内側に沿って軍事施設が建ち並び、中央は一見更地に見えるが滑空路になっていた。地下からせり上がる垂直離着陸機のエレベーター。

どうやら想像に違わず、大きな組織というか国家であるようだ。隣を歩くカミーユさんと目を見合わせたが、得意の肩を竦めるジェスチャーのみで言葉はお互い見つからなかった。

中央のエレベーターに到着すると、地面から三角の黒い機体と民間のヘリと二機がせり上がってきてカイン大佐が口を開く。

「初回だし同行したかったけど、まあ今の二人ならもう充分に対応出来るだろう。比較的簡単なアベル捕獲作戦の方で構わない。なんたってあの第三騎士も居る事だしね」

「レイさんは面識があるので大丈夫です、元々僕の上官ですから。しかし仰る所の話では到底同一人物と思えないんですがね」

「ああ、カミーユさんそう言えばチンジョ出身でしたね」

だったらブレンダもいっそもう勧誘したいと言い掛けたが、タイミングが重要であると再三受講した訳だし今はまだ時では無いかと踏み留まった。

「しかし第三騎士とは大層な響きですね」

納得いかないカミーユさんに対し、大佐は頬を緩めながら二人を一瞥すると
「いずれ分かる、いやすぐに判るさ」

カミーユさんと二人で民間機に搭乗し中東基地へ事前に潜伏。今回我々のポイントには赤軍兵は配備せずレイ中佐の部隊と我々二人で目的を成し遂げなければならない。しかしカイン大佐曰く補って余りある程レイ中佐は強大な武力を誇る戦闘狂らしく、「気が付けば終わってるよ。」と鼻で笑っていたがカミーユさんは合点がいかない様子だ。

「自分が知っている上官としてのレイさんは御淑やかで天使のような方だったから」

まあ行けば分かる事だろう。何よりもうそろそろ作戦ポイントが近い。

「カミーユさん、間も無く目的地に到着します。手筈通りに西側の建物に潜伏、目標が近づき次第これに降伏を示しながら近づき、制圧及び対象のみを拉致し離脱」

「ああ分かってるさ。しかしアベルの奴はさぞかし怒るだろうな、あいつの小隊は例外無く皆

殺し。取り敢えず本人を先に気絶させてから連れて来る他に方法は無い。逆の立場だったとして仲間を皆殺しにされたらとても許せない。同時に今はこちら側でやらなきゃならないという事実も理解しているけどね」

「そうですよね。それにカミーユさんは二年も前に死んだ事になっています。いきなり出て来たら誰でもまず確実に困惑しますし、説明されても時間にゆとりが無い状況下ではとても理解し得ないでしょう。先に制圧して拷問部屋で説明する他無いかと」

　パイロットを残し機体を降りると、そこはまだ誰も居ない戦場予定地。しかし初めて礼装を身に纏い初陣の市街地を見渡すと否が応にも昂るものだ。

「いよいよ実戦ですね」

「ルシファーはまだ戦処女だったね、とはいえ仕組まれた盤上を踊らされていただけの僕もあまり変わらないけどね」

　軽く微笑んだカミーユさんの表情が切り替わると、空にプロペラの音が奔った。

「さあ配置につこうか」

「はい、宜しくお願いします」

「アベルの戦い方なんて手に取るように判る」

　北側に降り立つオセ少尉の小隊はレイ中佐が迎撃してくれる手筈。俺たちは二人でたった二十人程を制圧するだけだ。

西側遠方より威嚇射撃が始まった。徐々に間合いを詰め寄る、アベル小隊は当然に会敵出来ない事へ不審を募らせるだろう。あくまでもぬけの殻をアピールしつつ、一人ずつ確実に背後から消していけばいいのだ。もう少し、ジリジリと近づく距離感に頬を伝い顎から緊張が滴る。

その時北側から激しい銃撃戦の様相が窺え
「ちっ、そうは問屋が卸さないってか」

銃撃戦の音で折角造り上げた雰囲気が乱されカミーユさんに目線を向ける。

「このまま行くんですね、了解です」

発砲はしないまでも会敵しない奇妙な静けさは、想像以上にアベルさんの体力を奪い続け対赤軍兵士に慣れ過ぎて完全に息を潜める敵兵の存在など予想だにしないであろう。想像するに容易い単調な攻撃が来ない中、銃撃戦の音だけが遠くで反響しやがて止んだ。屋上から伏せた姿勢で全体を見渡す俺に対し、カミーユさんはひたすらに間合いを詰め、一人また一人と兵士の数を減らしていた。

「流石だなカミーユさん。少将が一目置いているだけの事はある。俺はこんなにも緩いポジショニングでいいのだろうか」

やがてカミーユさんが小隊中央に近づくとアベルさんを視認したのか歩を止めた。

「アベル、俺だ」

一拍空けてから両手を挙げカミーユさんは物陰から小隊の本陣へ堂々と姿を晒す。

緊張が走る最中あとはカミーユさんから突撃の合図を待つだけ。屋根づたいに監視しながら近づき機会を窺うが、想定通りに二人は熱く抱擁していた。死んだと思われていた親友に逢えたのだから、まあこれは当然だろう。

と微笑ましく眺めているると小隊の下に駆け寄ってくる気配。

「中佐！　アベル中佐？　御無事ですか、どうか、どうかお逃げ下さい！」

必死の形相でやって来たのは血みどろの女性兵士。まずいな支障がと屋上から身を乗り出した次の瞬間に、その場が凍りついた。

「あひゃひゃひゃひゃひゃひゃひゃひゃひゃ、いひひひひひひひひぃひぃひｈｈｈ」

さも空間を引き裂かんばかりに悪魔の様な女の高笑いが響き、その場に居た誰もが釘付けにされる。たった一歩の動き出しが出なかった刹那、天を仰ぎながら身の毛もよだつ嗤い声と共に繰り出された両手のマシンガンが多くの肉塊を貫いた。

完全なまでに無差別かつ猟奇的に嗤う悪魔の女は、見下すように辺りを見渡すと再び両手のマシンガンをぶっ放す。

「ああっひゃひゃひゃひゃｈｈ生温い、遅いのよ、まだ生きてるじゃないあひゃあｈ」

全弾打ち尽くすと女は両脇に投げ捨て、背中から銃剣タイプのモスバーグを取り出し、先端にナイフを装着した。俺は屋上から狙いを付けたまま
「待って下さい、もしやレイ中佐で在られますか？」

問いかけに舌打ちすると女は
「だったら何よ、つまらないＳＳ風情が、皆殺しの指令でしょ？　じゃあアタシがやったげ

るぅふひゃひゃひゃｈｈ」

「お待ちください、レイ中佐、」

最早声は届かず誰かれ構わず近場の人間から肉塊に変え、乱射後に滅多刺しにするとその度脳裏に焼き付くような悦楽の瞳を浮かべ、ニタニタ涎を垂らしている。

「何なんだよ、化け物か」

Ｓ隊の任務だとか絶対この人には関係ない、今立ち上がったら確実に殺される。一番距離を取っている筈の俺がこんなにも圧迫感を感じるだなんて。カミーユさんは一体大丈夫なのだろうか。平らな屋上に伏せ直す。

「レイさん、僕です、カミーユです」

細く痛々しい声のカミーユさんを確認出来た。

「あっひゃぁあ、カァミーユだぁあはは、生きてたけど死にそうなの？　今度こそ死ぬの？きゃはははははははｈｈｈ」

少しずつ顔を上げ覗くと何故か銃口が俯せに伏すカミーユさんの頭に向いていた。どうにか止めないと。

「レイ中佐、どうかお待ち下さい。イーライ少将よりアベル中佐を生かしたまま拉致するようカミーユ中佐共々指令を受けております。どうか銃を引いて下さい！」

「はぁああ、糞生意気な娘が何て？」

バンっ、轟く銃声に合わせてカミーユさんの後頭部からは血飛沫が上がっていた。

「馬鹿な、何故?」

「あひゃあ、引き金を引けって言わにゃあかったあああひゃはyはyはや」

「そんな、俺は銃を降ろしてと、」

「ひゃひゃ、つまらない男。生きてる意味あるのぅ貴方、貴女? あひゃははあ。まぁいいじゃあない今回の目的はこのアベルでしょう?」

悪魔はそう言うと舌を出しながら伏したアベルさんを足で仰向けにし
「ひゃはあぁ、まだ生きてるじゃない。糞お嬢様の為に貴方と糞アベルだけは生かしておいてあげるわぁあはひゃひゃひゃhhhhhhああ」

吐き捨てると気色悪い嗤い声を上げ、化け物は市内中央に向け歩いてゆく。視界から消えたのを確認し屋上から飛び降りアベルさんに駆け寄ると辛うじてだが息はある。肩を担ぎながら視界に映る先程まで仲間だった亡骸に
「カミーユさん、すいません、」

呟くと俺は急ぎアベルさんと小型機に乗り込み戦場を後にした。

見下ろすと中東の町並みには、橙色の花火が打ち上がっている。

「第三騎士。忘れない、決して。あの化け物を」

悔しさを噛み殺し頬を濡らす弱さを拭った。

恐怖体験から戻るなり、手軽な暗殺任務を終えた午後のティータイム。自分の無力を反芻し

ながら男の寝息に眼を落とす。地下拷問室にて治療を終えたアベル中佐がやっと目を覚ました。

「おはようございます、アベル中佐。ようやくお目覚めですね」

「君は誰だ。何で俺は縛られてる？」

「申し訳ございません、上官の意向も有りこのままでお話を進めさせていただきます。自分はS2を率いるルシファーと申します」

「ルシファー、ああ聞いた事のある名だ」

目が覚めてすぐで頭がついて来ないだろう。出来る事ならもう少しゆっくりと説明に移りたいのだが通路からの強い視線を感じる。カミーユさんの時にうまくいったからと踏まえた上で何とか起きるまでは待ってもらえたのだがこれ以上はもう流石に引き延ばせない。殺せと言われる前に多少強引にでも引き込むしかないか。

「アベル中佐は先日の戦争について、どこまで覚えていらっしゃいますか？」

「え、ああカミーユが、カミーユが生きてたんだ。そうだあいつは今何処に？」

「殺されました」

「は？　何かもう良く分からねえ、死んだと思っていたカミーユが生きてたのに死んだってのか？　あの時に。あの化け物か」

「はい。鎮定殉葬に潜入している本国の第三騎士レイです」

「第三騎士、本国？　ちょっと何言ってるか良く分からないんだが」

「はい。ですからゆっくり説明させていただきますね」

カミーユさんを失って丸一日、虚しさと自分の愚かさを呪っていたが当然気になった化け物について大佐が話してくれた。そこんところも踏まえてアベル中佐に一から説明しようかな大変だけど。

まず当然ながら今まで知らなかったであろう驚愕の事実たちを淡々と説明しながらリアクションに受け答えするのも、そろそろ面倒だったが何とか説明を終え俺自身も昨日まで知り得なかった知識である本国の構成部隊及び化け物の正体についてそのまま触れる事にした。

我々の本国つまりイーマでは、総統の下に三つの部隊を保有している。まず将軍は副総統でもある、ＳＳつまりこの部隊だ。本国には腕利きが多いらしくＳＳのトップはウォルフガング・エンデという将軍だそうだ。

基本このＳＳを起点にし手足とも呼べる下部組織がＥＳＺアインザッツグルッペンという武闘派集団。

そしてもう一つは総統が直接的に指揮するＴＢ隊、トール・バタリオンだ。全ての部隊指揮はそれぞれ三人の将軍が執り行う。

現在のＳＳ隊制度及び三部隊に至る前身になった聖槍十三騎士団、通称ロンギヌス13。これがイーマに措ける大きなステータスになっているのだ。現行の三部隊統治に切り替わったのが八年前の事で、あくまでも当時の記録に他ならないが、単に武力での優劣で円卓に倣った十二人の騎士を序列したそうだ。

当時から騎士団長を務めていたというウォルフガング・エンデは隊長であって序列には含めなかったそうだが、当然化け物たちを統べるだけの武を有していたであろう。特に優れて圧倒的な武勇を誇った騎士たちが十二人。

その中でも別格視される第一から第三までの騎士たちは人間離れしていたという。第一騎士にヨーゼフ・ハイドリヒ、第二騎士に我らのヴァサゴ・メイアー。そして当時17歳から第三騎士の座に君臨していたのが、あのレイ・マリア・ヴィリグードだ。

由緒ある名家の生まれらしく戦闘狂で怖れられ八年前の再編成時に唯一総統から我が儘を許され島の反対勢力側から監査役として遊撃する自由を与えられたらしい。武力に措いて以外は序列で測れないため、再編時の配属は様々だそうだが良く分かった事として、少なくとも第三騎士までの武力は凄まじいという事だろう。何より聖槍騎士団での序列はまだ途上であろう19歳までの当時。

であるならばあの化け物染みた所作も得心行く部分がある。説明されて何より比較対象になってしまったのが未だに俺では手も足も出ない大佐だった。カイン大佐もロンギヌス13に名を連ねる存在であったが、その序列はなんと九番手。化け物と否応無しに一線を画してしまうのは致し方無い。

とまあ改まった説明としたらこんな所か。

「アベル中佐、すいません長くなってしまいましたが、どうでしょう理解の程は？」

「唐突過ぎる部分が多くて、なんつーか、想定していたラインを遥かに越えられて正直付いて行けてない。ただカミーユが俺に最後言った言葉は覚えてる。

（――昔みたいに俺を信じ、またその命を預けてくれるか？――）

カミーユが生きてたらアイツが俺にこの説明をしたんだろうし、何より疑念を抱いてカミーユに情報を吹き込んだのは俺なんだよ。その俺がアイツの信じた事を信じない訳が無い。ルシファー、俺も協力させてくれ。何よりもまず報復が先だがな」

「そこは自分も同感です。アベルさん程カミーユさんと付き合いが長い訳では無いですがでも約二年共に過ごした仲間です」

「おっしゃ、じゃあ宜しくな。てか縄をそろそろ解いてくれねーか？」

「あっ、すいません失念していました」


一先ずはこれで頭数は戻ったが、さてどうするか。仮にも第三騎士レイは同国の仲間である訳で、報復の意向は当然上官に知られる訳にはいかないだろう。カミーユさんが故意に殺されたと知って尚も諦めを促された。

「アベルさん、念のため確認ですが」

「分かってるよ、報復を悟られないようにすればいいんだろ」

「はい、その通りです。では改めて上官を紹介させていただきますのでこちらへ」

「あれ？」

通路に出ると予想に反し誰もおらず、取り敢えずは地下通路に降りＳ２の待機所でいいのかなと思う。エレベーターに乗り込むと

「ルシファー、あの日オセ少尉はもちろん殺されちまったんだよな？」

「おお、唐突ですね。仲間になる貴方に嘘をつく訳にもいきません。今日自分が午前中に殺してきました。アベルさんが目を覚ます三時間ほど前になります」

ぶん殴られる覚悟だったが、思いの外

「そうか、そうだろーな。生かしておくべきでは無かった、知ってはならないことを知ってしまった、って事なのかな」

俯きながらアベルさんは自分に言い聞かせるよう似合わない哀愁を漂わせていた。

「すいません、任務でしたので」

「ああ、仕方ないだろう」

Ｓ２の待機所を開くと中には少将と大佐が神妙な面持ちで話していた。こちらを一瞥し

「ご苦労、無事に従属か」

「はい、ご理解いただきました」

「そうか、入れ。アベルといったな、カミーユの件は実に残念だったが大義の為にどうか今後我々に尽くしてほしい」

「はい、心得ました」

室内のソファーへ腰掛けると少将が向き直り、改まって話し始める。

「実はお前たち二人に折り入って頼み辛い相談があるのだが、どうだろうか？」

「少将、先にそう言われてしまっては、」

大佐は俺を見ると軽く噴き出したが、すぐに改まって真剣な顔つきに変わった。

「分かりました。というか今更選択の余地も無い、自分は少将に付いて行きますので」

少将は微かに安堵を浮かべると話し始めた。

「単刀直入に言おう。私と共にレヂン総統を誅殺しイーマ政権を打ち滅ぼしてほしい」

「は？　そう来ましたか。流石に全く予期出来ませんでした」

自分の父を殺せという少将の意向は余りに虚を突かれ、アベルさんと顔を見合わせてしまった。というか貴女までもが狙うのですね父親の命を。

「先ずは邪魔なあの第三騎士を殺す」

「え、あの化け物をですか？」

どんな風の吹き回しだろうか、いずれにせよ追い風が吹いた。

「レイ・マリア・ヴィリグード、あの女は総統の肝煎りでな。武勇のみを愛する総統は偉く第三騎士様に心酔されている。ここ数年青軍の管理が行き届かず抹殺ばかりが続いたのはあの女のせいだ。利己的に指令を捻じ曲げている」

「正直あの化け物を殺したいのは我々の本懐でも有りますが、しかし手段です」

内容は驚いたが、これは千載一遇の好機、まさに願っても無い奇跡だが、果てさて、あの化け物を殺すとなると方法は如何に。

「昨日言った中東基地に、明後日再度指令が下る。ルシファーの想い人ブレンダ少佐が今回の標的だ」

「え、鬼女が。アイツが何でまた」

いや〝想い人〟って余りに直球な……

「あまりにも大っぴらに嗅ぎ周っているらしく強引だが同じ舞台での処刑をご所望だ」

「そうかルシファーの想い人だったのか、あの子は」

微笑ましくアベルさんが見つめてくるのだが
「いや今はもういいじゃないですか、話を進めて下さい」

慌てて少将に続きを促す。

「貴様ら二人ともカミーユの仇討なんぞ考えているだろうとも思ってな。同じ舞台でこれ程早く借りを返せるんだ、まして想い人が狙われたのであれば答えは決まりだな」

「しかし戦力差が……、」

あの時、植え付けられた異様な戦慄が過る。

「実はなルシファー、貴様の想い人、ブレンダという少女は中々の女だ」

「少将、もう揶揄わないで下さい」

「いや政《まつりごと》に措いての才覚という意味だ。この女かなり化けるぞ。聞き覚えがあるとは思っていたんだ。ブレンダ。そうティラワのお気に入りだ」

「ティラワさん？　自分も確か一度お会いした事がある方ですね」

「ほう、何だティラワを知っているのか。奴は所謂、私の幼馴染みたいなものだな。副総統である爺やの娘だ」

「ほぉ、それはまた重たい方ですね」

どれだけ記憶を思い返せど大した印象が浮かばないのだが。

「それより少将、ブレンダの政の才とは？」

「ふむ、まあ開けてみなければまだ何とも言えんが恐らく勝負には概ね持っていける。つまり後は我々の動き方次第だ」

少将の自信が一体どこからやって来るのかが不思議でしょうがないがそこまで言い切るならば何かあるのだろう。大佐が続く。

「第三騎士レイの強さは本人だけじゃ無い、当然小隊ごと連れて来ているからね」

「じゃあチンジョに小隊ごと潜入していたという事なんですね」

「ああ、して強いぞ。鍛え抜かれたあの部隊は一個大隊を軽々殲滅する程にな」

過去に幾度と無く挙げた数えきれない戦果の一端を聞いた程度だが血の気が引いていく。

あと猶予は一日半、ブレンダの事はどんな手を使ってでも必ず俺が守り抜くとして。

「当然ながら殺すと言えど、仕組まれた戦争ですので事故という事になりますよね？」

「そうだな、本国にはまだ悟られる訳にはいかない。しかし奴らも馬鹿じゃ無い。自分たちが狙われる可能性についても八年経ったとは言え、未だ軍人らしくクレバーに徹底していると見える。仮面を被り道化を演じているが隙は全く無いぞ」

本国に連絡されない内に殺し切らなければならない。化け物の小隊自体をだ。だがしかし第三騎士レイの小隊が本国への連絡手段を持っていないとは限らない。

「となればやはり戦場を措いて他に理想の舞台はありませんね」

特に返答を求めるで無く呟いた。


解を得た訳では無いが、一先ずは体を動かそうと、大佐と共にアベルさんを連れ研究所のトレーニングルームで汗を流していた。

「おい聞こえるか？　実に面白い客人だ」

室内のスピーカーから上機嫌な少将の声。

汗を拭いながら管制室に向かうとそこには、後ろ手に縛られ膝をついた青年が居た。

「え、君は誰？」

動揺する様子は無く真っ直ぐにこちらを見据えている青年の瞳には、力強さを感じる。

「おい貴様、名乗ってやれ」

少将が青年の肩口を脚で小突くと
「自分は龍と申します。ブレンダ少佐の下、然るべき戦に備え共に立ち上がっていただける有志を募りに馳せ参じました」

龍、ああ司令部の掲示板かなんかで一度人事通達かな、目にした名前な気がする。しかし何なんだこの青年、一体何を何処まで知っているんだ。今のは既に殺されていてもおかしく無かった口振りだが。

「龍君、君は一体何を、いやいい。君が相手取る敵とは誰の事を指している？」

「もちろんイーマを含め、世界です」

「馬鹿な、今何て。何で君が知っている？　いや君は何を知っているんだ」

隣で悠然と笑い腕を組んだ少将の心境が全く汲み取れない、青軍側に属していて一体どうしてそんな情報を持っているのだろうか。

「龍君、君は一体何者なんだ？」

膝をついたまま真っ直ぐに俺を見つめる瞳。

決して逸らさぬ熱意を持って口を開いた。

「私はＡＦＯ所属の諜報員です。潜入捜査の為に幼少期から鬼ヶ島に潜り込んでおり機を窺っておりました」

また分からない単語が出てきた。

「ＡＦＯ、一体それは、」

手をかざし少将が割り入る。

「それは私が説明してやろう。世界情勢を分断する四大勢力に与しない永世の中立国、それがＡＦＯだ。国を持たず領土は世界中に点在し常に平和を謳ってはいるが実状は金で動くただの傭兵団だ。自ら不可侵条約を各国に叩きつけておきながら裏では敵も味方も金次第。世界中のあちこちに領土を持つ暗躍が得意な卑怯者たちの集まりで違いないな？」

口角を上げながらも語気は強く、睨むように少将は問いかけた。

「ええ。多少の語弊は有りますがイーライ少将の御見分で間違い無いです。その我々が、言い換えれば協力体制を求めているのです。決して損の有る御相談では無いかと自負していたのですが、如何でしょうか」

成程これがブレンダの切り札という所かな。数歩先を行かれた気持ちだが心強い。

「つまり少将の求める理想と道筋が重なるという事でいいんですよね？」

後ろの大佐やアベルさん、少将の順に表情を窺う。少将はしたり顔で
「決まりだな。先ずは明後日に目先の目標である第三騎士レイ小隊を殲滅、レヂン総統が有する直接的なパイプを断つ。その後に鬼ヶ島に措ける真の意味での寡兵を経て、我がイーマ大国レヂン政権を打倒する。龍よ、こんな所か？」

「英断、感服致しました。それでは先ず明後日の流れを確認しておきたいのですが」

「まあ待て、ルシファー解いてやれ」

龍の拘束を解くと、場所をＳ２待機所に移し詳細を詰める事となった。当日の動きとして四方攻めに向かう機体は垂直離着陸機Ｖ―22が二機。前回と同様に北西と南東とで二小隊ずつが搭乗し、北から西へ、南から東へ、二度に分けた降下で四部隊展開していく。

第三騎士レイは同じく東から展開との事だがＶ―22のパイロットは当然レイの息が掛かっており、南側部隊を降ろした後の動きは読めない。何より今回の作戦の場合は離陸後から既に危険である。機内といえども化け物が既に目標を前にしている訳だ。開幕前にゴングが鳴らない

保証が全く無いのだ。

「因みにこういった青軍側の大まかな作戦立案はどなたが？」

少将は少し考えた後に、

「ヒムラー。ガミジン・ヒムラーだ。末席とは言え、あのヴァサゴと共にロンギヌス13に名を連ねた男。今は青軍側で監査役として議長をしている。しかしあの男も確かレイの玩具であったな」

「第三騎士レイは意のままに出来ていたという訳ですね。しかし議長とは。大将であるパイモンさんの立ち位置はどうなのですか？」

考えてみれば現在まで鬼ヶ島の頂点だと認識していたパイモン大将の存在が抜け落ちていた。むしろ一番の障壁になるのではなかろうかと不安げに質問する。

「紙屑だ」

「は？　紙屑ですか」

「そうだ。何の価値も無いお飾りの人形。しかしイーマでは中々に人気の作家でな。発想が面白いと戦争脚本家として雇い入れたのだ。この鬼ヶ島に措ける相関図なども奴の脚本が元になっている。ただ必要が無く赤鬼の存在までは造っていないが設定上の配役は確かモラクス大将だったかな、名前だけだが一応はあるのだ」

「うお、それはまた余り聞きたくなかった話ですね」

アベルさんも呆れた様子で頭を掻きながら首を傾げていた。

より顕著に判ってきたのが、如何に今まで第三騎士に踊らされていたかというこの屈辱的な事実だ。化け物の独り舞台で盤面の玩具でしか無かったのだ、全てが。

話を戻すと、要はどうにかして第三騎士の出動自体を単独にするなり戦場でしっかりとゴングを待つ手筈にしたい訳だ。

「先程パイロットも息が掛かっているとは仰ってましたが、V―22は青軍で何機保有されているんですかね。もし二機だけなら単純に壊してしまえば一個小隊ずつ小型輸送機で向かう方向性になりませんかね？」

「ふむ、良かろう壊してこい」

「え？　少将、今ですか？」

「そうだ、壊してこい。そうすれば確か小型のCH―47が四機あった筈だから青軍側での出撃までは問題なく行ける。龍の寡兵した兵士どもは居るのだろう？　ならばそれらは我々が輸送しよう。何名だ？」

「助かります、二百は居ります」

「何だと？　二百も居るのか。やりおるな」

少将は大袈裟に仰け反って見せた。

「因みにですがV―22を破壊するという事であれば御任せ下さい。我々の方があちらでは目立ちませんし、要はもう飛べなきゃ良いんですよね？」

「ふむ、ならそれも貴様に任せよう」

作戦は決まった。ＣＨ―47にてポイントへ移動。パイロットが向こうの手中にある以上正確な着陸地点までは読めないがあの中東エリアであることは間違いない。

今更この戦争ゲームのような形式を自ら壊してまで強引に目標を殺しにかかるとは考え辛い。ならば我々は先に二百名を連れ立ってポイントへ潜伏し目標を包囲。輸送機を降りてからなら連絡手段もあるまい。

接近戦に持ち込まずとも遠巻きに蹂躙出来る。後は龍の二百名という貴重な兵力であの戦場の何処に潜伏し包囲網を敷くかだが、市内エリアに潜伏せざるを得ないだろう。順当に東側に着陸するとは限らない、であれば幾つかの包囲パターンは当然必要だが最終包囲地点の周辺に予め陣取る他手段が無い。

ポイント周辺市街地の北側は山岳地帯、南側は国道が走り遮るものがまるでない平地。東側は薄っすら森になっており先に行くと川があるが浅く、追い込めるような地形では無い。森にしても木々が生い茂るほど生えている訳では無いので潜伏には向かない。西側は平地とまでは言えない、なだらかな丘という感じで当然上から目隠しになる場所など無い。

市街地外寄りの家屋内に潜伏し、ぐるりと市街地一帯を覆うよう待機する事になったが果してあの第三騎士様は一体どんな策を練り三部隊を始末にかかるだろうか。包囲するためには臨機応変に化け物たちが気付かぬよう市街地へ誘い込む必要があるな。龍は一度モイドムに戻ったが、地下通路を通り当日の深夜に再び合流する事になった。

いよいよ作戦当日の深夜三時、地下通路を通って龍は本当に二百名の兵を連れてきた。S隊の隊員たちは青軍の兵がぞろぞろと禁止エリア側に入って来たことでかなり困惑している様子だが今後の方針を考えれば変革が必要な事は明白だった。何より作戦が成功し本国の潜入者たちを懐柔又は抹殺する事で少なくとも青軍の兵士たちと仲間内で殺し合う必要はもう無いのだ。その為の足掛かりとなる第三騎士の抹殺、必ずや成功させてみせる。

全体での最終確認を終え輸送は三部隊に分けての搭乗になった。S隊が有する最大の輸送機であるC―130を三機使用、そのまま部隊編成とした。カイン大佐、アベル中佐、そして俺がそれぞれの部隊を指揮する。

我々は事前に潜伏するが龍たちは本来通りに四方から到着後それぞれ合流してもらう。戦力差は約十倍、さあ蹂躙してやろうじゃないか。

イーライ少将のもとへ午前十時に出撃の警報を鳴らす旨の連絡が入った。我々は朝方早い内に出発しており司令部へは大佐の本国帰還などと適当に誤魔化したそうだがC―130を三機も出撃させている訳だ。島に残ってそれらしい言い訳を模索する少将は少しばかり気の毒に思える。

改めて一時的とはいえ預かり受ける小隊の皆に挨拶すると、殆どが行動を起こす今日のこの日の為に潜入したAFOの工作員であり心底驚いた。皆一様に長い年月を過ごしながらも信の置ける仲間を見つけては秘密裏に集まっていたのだという。

潜入の最も長い者では第52期生、つまり今が66期生の年だから十四年間。皆6歳から島に来たという事なので二十年間もの長い間この日を待っていたのだと言う。

一様に熱い眼差しと太い信念を持つ新たな仲間たち。新生鬼ヶ島に向け今日この日必ず第三騎士を討ち取る。約三日振りに訪れた戦場は何も変わらないまま俺たちを迎え入れるが、胸に抱く想いは皆一様に大きな希望を持っている。カミーユさんの無念や今日に至るまで知り得なかった数々の雪辱を果たそう。


三機は着陸し易い南側に降り立ち、現地での最終確認を代表して俺が行う事になった。どう考えても大佐の方が適任だと思うが、今日ばかりは俺も心底感情が昂っている。

「いよいよイーマ第三騎士、レイ・マリア・ヴィリグードを討つ時だ。君たちＡＦＯの悲願成就と、我々新生鬼ヶ島の道行きが最後まで同じであって欲しいと心から願う。何にせよ先ずは今日、あの化け物を討ち取らずして誰しもに未来は訪れ無い。必ず討つ、必ず殺す、行くぞ！」

大地が揺れたように感じた。皆の応えに高揚が止まらない、心拍は走り躍るようだ。さあ化け物よ、掛かって来い。我ら新生鬼ヶ島に向け必ず終止符をくれてやる。

――第四章　完

VSイーマ編
新生鬼ヶ島

イーライ・シュトラール元帥

別働隊

＜AFO＞
ブレンダ
龍

＜三大将＞
ヴァサゴ・メイアー
デュミナス・クルーゼ
ドミニオン

参謀

ティラワ中将

＜デュミナス艦隊＞

紫伝中将
ゾーイ少将
アーク中将
ヴァーチュース少将

＜ドミニオン突撃隊＞

ザガン中将
スローンズ少将
フローレンス少将
オードリー大佐

＜鎮定殉葬＞

セラフィム少将
ルシファー大佐
ベリアル大佐
シバルバー中佐
カイザー少佐
パイモン少佐

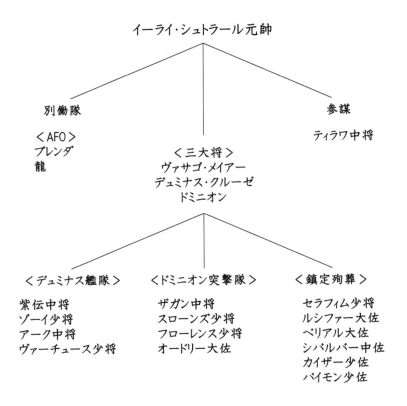

第五章　真理への統一

昨夜は高揚して全く眠れなかった。龍の奴あれだけの仲間たちをどうやって集めたのだろう。あいつは私なんかより余程将たる才覚があるのだろうなと思う。時計を見ると時刻は朝の九時。いつ出動の警報が鳴ろうともおかしくは無い状況だ。窓越しに太陽の位置を確認しながら準備を始める。

いよいよ今日あの戦場で一つの回答を得られるのだ。それは私が望み求めたものであり私が再び何かは失うものでもあるのだろう。

天使か悪魔か、いずれにせよ嘘が明白である以上必ずどちらかであるのだ。信じた者に裏切られる、なんて言い方は勝手なのかな。信じた以上は裏切られる覚悟も必要だったと、そういう事か。私の覚悟が足りていなかっただけで自分勝手な被害者意識を持ってしまう。

初めて鏡の前に腰掛けると徐《おもむろ》に髪を梳かしながら昨夜自分が言い放った言葉を反芻し、やたらと主張し始める鼓動に気付かされた。

皆を鼓舞した重圧、責任に押し潰されそうになる、何を私は偉そうに言っていたのか。私なんかに言うだけの資格があったのか。そもそも皆を率いるに値するのか、私は。怒りの矛先が五里霧中だった頃に比べ、次第に瞭然と成り行く視界に躊躇し戸惑いを覚えずにはいられない。もしこの霧が完全に晴れてしまった先が四面楚歌で無いとは言い切れないのだ。

圧倒的な情報不足は否めないが、黒服たちの組織や明確な嘘を吐き続ける元天使。これらはまず敵だと仮定して、龍が集めた一個中隊ほどの兵士たちは本当に信じていいのか。もちろん龍の事は信じている、がしかし僅か一日であれ程の兵士を集めるというのは何か他に私の知らない力が働かなくては絶対に不可能だろう。刻一刻と迫る出撃の鐘は、限られた情報の中だけで私に取捨選択を強いる。

けたたましくモイドムに響いた警報に、私は答えを見出した。当然龍を信じる。何かを隠していたとしても今はまだ言えないのだろう。この選択を決して後悔はしないと自分に言い聞かせながら上着を羽織り部屋を出た。

屋上に上がると何やらパイロットたちとレイ大佐が揉めている様だ。

「お疲れ様です、どうかしたんですか?」

大佐は駆け寄る私に気付くと少し口角を上げ

「何だかV—22が二機とも不調みたいなのよ。CH—47で分かれて向かってもいいのだけれど手間よねぇ」

整備不良を追及されたのか、血相を変えて頭を下げるパイロットが不憫に思えて

「大佐、今回はもう仕方ありませんよ。出撃の間隔もこの所短かったですから皆疲れが溜まっ

ているのではないでしょうか」

断言は出来ないが恐らくは龍たちの工作であろう可能性に罪悪感を覚えてしまう。

「貴女がそう言うならいいわ。なら急いでCH－47四機用意して。小隊ごと搭乗完了次第出ます」

大佐の号令に慌ただしく輸送機を入れ替え、出撃の準備が進められていく。少し遅れてやって来た突撃隊の中に龍を見つけると、普段通り軽く手を挙げ微笑むに留めた。予定通りに事が運ばなかったからか、若しくは出撃が遅れたせいか。普段よりレイ大佐の表情が曇って視えるが曇らせているのは私の眼かも知れない。

各部隊長の最終打ち合わせを終え、小隊ごとに搭乗すると指示通り突撃隊から先に発進し案の定レイ大佐の輸送機は最後に出撃した。想定通りだが、当然これでレイ大佐が着陸する正確な地点は最後まで判らず仕舞いだ。

昨夜の同胞たちは龍が戦地へ運ぶ手筈だがどの様にして連れていくのだろうか。いや今は現着後の動き方を想定し、揺るがない心を作っておくことに集中しよう。どのみち私はこの後想定通り、想定外の事実を突きつけられるのだろうから。

間も無く作戦域に入ると着陸する準備に取り掛かる。前回同様南側から中東市街地エリアに攻め入る訳だが、前回の反省を活かしたいと半ば強引にパイロットへ伝え極めて近い位置で輸送機を降りた。念のため身を屈め市街地を望むが狙撃されるような気配は無く一帯は静まり返っている。当然だろう敵は今からやって来るのだから。

先ずは急ぎ西側に向かい龍たちと合流をしなければ、と隊列を整えたまま西向きに歩を進めようとした矢先、家屋に人影が見えた。

「伏せろ、静かに」

慌てて隠れるよう小隊に指示を出す。物陰から家屋を覗き込むと
「鬼女ー、ブレンダ少佐ー」

隻眼の野郎が場違いなトーンで私を探しているようだ。想定した幾つかのパターンを思い浮かべ溜息をついた後ゆっくり立ち上がる。

暗躍の可能性が窺える【黒服】であり、オセ少尉が殺された時、何故かモイドムですれ違った隻眼。戦場で見ると普段の正装とは違う独特の礼装だ、あのトビーと同じ。

繋がってほしくは無かったパターン、ではレイ大佐との関係性はどうなのだろうか。答えは出ないがいつまでもこのまま、隠れていた所で埒が明かない、覚悟を決めよう。

「ここだ隻眼。こんな所で一体何を？」

目が合うと微笑みながら近寄って来る。

「良かった。鬼女を待ってたんだ」

「私を、殺しに来たのか？」

驚く隻眼の後ろから、満面の笑みで手を挙げ駆け寄る龍の姿が。

「少佐こちらでしたか。ルシファーさんも無事合流出来て良かった」

「龍、ちょっと待って。何故龍が隻眼のことを知っているの？」

一気に膨らんだ不安で急に胸が苦しくなったが、二人の男たちは顔を見合わせこちらに向き直ると微笑んだ。

「少佐すいません、時間が無く色々と説明が足りてなくて」

私は小隊兵と共に西側の市街地へ進み、制服問わず兵士たちが集まっている司令部らしき建物に案内された。

「ブレンダ少佐、こちらはS隊のカイン大佐です」

「君が噂の想われ人ね。ブレンダ少佐」

「初めまして。ブレンダであります。大佐申し訳ありません、今何と？」

小声で最初が聞き取れなかったが隻眼が割って入り説明を始める。

「兎に角、鬼女はここでじっとしながら説明を聞いていてくれ。今回の標的はお前なんだから。俺はアベルさんと前線で、」

「待って、今何て？　アベルさんて？」

たまたま同名なのかもしれないが聞き流せない名前だ。

「ああそうか、アベルさんとは面識があるんだったな。アベルさんは生きてるけど今は最前線で囲い込みの、」

「えぇ、？」

余りにも衝撃的でリアクションが大きくなってしまった。それに何だか目頭が熱い。

「そうだよな、死んだと思ってたんだもんな。ごめん。取り敢えず今は時間が無いからここでカイン大佐に守ってもらいながら説明を聞いてもらわなきゃならない。今までと、これからとを」

隻眼は困ったように頭を掻き、大佐に一礼すると入り口に立っていた龍に向き直り二人で飛び出していった。私の知り得ないところで二人は繋がっていたのだろう。

戦場に飛び出す際に振り上げた拳は行く先を見失ったが、一先ずは胸をなでおろし手近な椅子へと腰を降ろした。大佐は向かい合うように腰掛けると改まって

「じゃあ何から説明しようかな。先ずはこれから宜しく、というところだね」

「はあ。全く状況が理解できておりませんが、こちらこそ宜しくお願い致します」

「龍、お前何もアイツに説明してなかったのか？」

「すいません、モイドムでは場所も人も、信じれるものに限りがありますので少佐へしっかりと説明するのは後回しにせざるを得ませんでした」

東側の前線へと駆ける二人だったが、道中に北側から銃声が聞こえ始め慌てて周囲の兵士たちを促しながら進行方向を北に向ける。

【ババババbb、】傍受され勘付かれぬよう戦闘が始まるまで使用を控えていた無線、イヤホン越しにノイズが奔る。銃声だろうか

【ババババb、キャあははhhhh。誰かなぁ、何処かな？　良い度胸じゃない。誰か知ら

ないけど今殺しに行くわぁはｈｈ】

　全員同じタイミングで鳥肌が立ったはずだ。

　数日振りに聞いた嗤い声は一遍も霞むこと無く恐怖を掻き立てる。気付かれた。本国への連絡はされていないか？　クソっ無線が使えなくなった。無線を使った連携が取れなくなり状況把握が困難になったが、落ち着け。必ず討つんだ。

「龍、何故かは知らんが恐らく化け物はこの先の北だ。このまま左右に分かれて挟撃と行こうじゃないか。気を付けて」

「分かりました、ルシファーさんもお気をつけて」

　後方に付いて来た兵士の一人に指示を飛ばす。

「君はこのまま東側に居るアベルさんに伝達を頼む」

　建物の平たい屋上を伝い歩き、数棟越えたがまだ会敵しない。何処にいるんだ。戦場は重い沈黙を続けているが無線のチャンネルを奪われたのが手痛い。耳障りな声が直接響く。

【どぉこに居るのかしらぁははｈｈ】

　反応しては駄目だ、相手に情報を与えてしまうことは避けなければならない。

【はぁはあ、みいつけたぁあははｈｈ】

　悍ましく身の毛がよだつ。思わず振り返り付近を確認する。俺じゃ無かった、すると左斜め後方から鈍い音が聴こえ身を屈めながら背負ってきたライフルを構えスコープ越しに位置を探る。

【ふぅんふうんふぅんhhふぅん、】化け物の鼻歌だろう不協和音が、直接脳内に流れてくる。

イヤホンを投げ捨てたくなるが少しでも音から場所を特定できないかと耳障りな声を堪え自ら耳を傾け、聞かされている苦痛は新たな拷問かと思う程だ。

眼前の音すら阻害し始めノイズの音量に耐えられず耳から外した瞬間、ザザッ
「しまった、」

背後の音に気付けていなかった、一棟後ろの屋上に迫った兵士に狙撃されたが、身体を横に回転させ間一髪何とか躱した。そのまま起き上がり反撃に移ろうかとすぐに立ち上がる。下からの銃撃に仰け反り周囲の状況が判ってきた。

一瞬見えた地上に数人の兵士たち。囲まれている。威嚇だが後ろの棟に向け発砲し二階の建物内部に降りる入り口を確認するが当然、下から上がってくる兵士の気配。

どう逃げるか賭けに近い感覚だったが背後に迫る兵士に向け発砲しながらその兵士が伏せる棟に飛び移り、驚いた兵を撃ち殺す。

すぐさま振り返り今居た棟の屋上へと、下から上がって来た兵士たちへ発砲し後ろへまた後ろへと後退して飛び移り何とか逃げ延びた。

銃撃戦でかなり周囲に音が響いた、場所が露見し既に化け物から狙いを付けられているかもしれないと思うと立ち止まる訳にはいかないが、見渡すと市街地の中心を既に通り過ぎ南側にまで逃げ帰ってきていたのか。

しかし今、一体どうなってる。耳にはまだ煩わしい残響が残っているが視界では耳鳴りのす

るような静寂に包まれた戦場。周囲を念入りに確認し、再び屋上に伏せながら見渡すがどちら側の兵士の気配も感じ取れない。

今この小さな市街地に三百人以上がひしめき合っている筈なのだ。今何処で何が起こっているのか。龍の事も気になるが作戦はうまく進んでいるのだろうか。一度このまま司令部に戻り部隊で動くべきか否か。

微かに話し声が聴こえた、と耳を澄ましてみたが外したイヤホンからの音漏れだった、目は常に周囲を見回しながらゆっくりイヤホンを近づけてみる。

【……ファー、ルシファー、……だ、しれ……だ、司令部だ】

大佐の声にハッとし、慌てて司令部のある西側を見やると次の瞬間轟音と共に大地が揺れ太い黒煙が立ち昇った。

司令部を強襲されたのかは分からない、兎に角向かわなくては。狙撃されぬよう周囲を見渡しながら屋上を伝い西へと向かう。その道中気配を感じ立ち止まり屈んで下を確認すると数人の兵士が倒れている。どうやら突撃隊の制服の様だが、どの兵士にも首が無い事に気付いた。

屋上に顔を引き戻し周囲を一度見渡してから天を仰ぐ。「化け物め」呟くように吐き捨てると再び走り出した。

鬼女を連れて来た建物はもう其処になく未だ黒煙を上げている。焦燥感に駆られながら落ち着けと何度も自分に言い聞かせた。警戒しながら向かいの屋上に立ち改めて見渡してみると軽く見ても二十人程の遺体が視て取れる。しかし敵味方問わず生存している兵士と遭わないのは何故だ。そのまま建物内部へ降りる扉を少しだけ開き様子を窺う。誰も居ないようだ。

慎重に二階部分へ降りて行くと室内は差し込んだ陽光に照らされた砂埃がせっせと舞っている。家具は乱れ激しい銃撃戦の様相を呈し、薬莢の焦げ臭さと死臭とが絡み合い鼻を刺す。ふと何処からか呻き声が聴こえ、一度止まって音に意識を傾ける、一階か。

音の元が大きくなるにつれ強烈な吐き気に見舞われた。一階に降りる階段の手前に壁掛けの棚があり三つの生首が穴という穴から赤を滴らせ剥いた眼球がこちらを恨めしそうに見ているのだ。声は確かにこの下、一階から聞こえている。顔を伏せて通り過ぎ階段を数段勢いよく降りたところで足を滑らせた。

半分ほど固まったような血だまりに尻餅をつき、急いで立ち上がろうと床についた手には粘度の高くなった赤がこびり付く。気持ちが悪く振り払うように手を挙げた時、眼下に広がる異様な光景に釘付けになった。

床が見えない赤黒さの中に十数人分はあるのだろう人間のパーツが散乱しているのだ。階段を降りた正面の壁には矢のような鉄製の棒で何ヶ所も打ち付けられ、壁に立ったまま捕らわれの亡骸があった。ぐちゃぐちゃで幾つか欠損したパーツや肉片に直視するのを躊躇うが、どうやらカイン大佐の様だった。

部屋中に立ち込める強烈な死臭と大佐の亡骸に堪え切れず嘔吐し、跪きそうになる。

「あ゛あバぁぁぁｈｈ、まだ逝きてたじゃないぃぃいｈｈ」

心臓が止まりかけた。室内後方、血溜まりの中でニタニタと嗤う化け物と眼が合う。一心不乱に階段中腹にある格子状の窓へ肩から飛び込み砂利道に転がったがそのまま振り返らずに走り続ける。すぐ後ろから同じく飛び出てきたであろう化け物が叫んだ。

「ギユャアあぁぁっ、逃げる？　殺し合いなさいよぉおおっ」

足を止め振り返ると、同じく足を止めた第三騎士レイがもう数歩先に迫って来ていた。

震える息を整え、何とか恐怖を怒りで塗りたくっていく。

「貴様、よくもカイン大佐を、」

「あばぁぁあ？　カイン？　あひゃひゃひゃひゃひゃひゃひゃひぃいひｈｈ」

まともな会話は望めそうに無い。大佐がやられた相手に勝てるのか？　いやそんなのもうでもいい。そうかこの場所が良い。カミーユさんが殺されたこの場所だ、俺はあの建物の屋上から見ていただけだった。すいませんカミーユさん、また逃げそうになってしまいましたが、もう大丈夫そうです。

眼は決して逸らさずゆっくり一歩ずつ後退していく。化け物も同様に一歩ずつ近付いて来る。背負った銃に手を伸ばしつつ一歩、もう一歩。

「今だ！」

大声に一瞬固まった化け物は少し考えると、すぐさま状況を理解し嗤い出した。

「あひゃひゃあ、やるぅ」

復讐に措いてこの絶好のロケーションとまでは想定していなかったが概ねアベルさんと打ち

合わせていた通り包囲できた。途中までアベルさんが上手過ぎて確信が持てなかったが先程屋上の兵士から合図を確認しどれ程心が救われたか。後は正面の化け物の視野に屋上が映らないよう引き付ける。

「両手を挙げて跪け」

舌を出し舐めるような仕草を見せながら、化け物はその場に膝をついた。俺はゆっくり背負っていたライフルを取り、銃口を化け物に向ける。

「第三騎士レイ・マリア・ヴィリグード。貴様は決して許さない」

膝をついたまま跳ねるような動きをした瞬間、化け物の右膝が打ち抜かれた。正直言って今かなり気分がいい。跳弾は滅茶苦茶恐いが、幾つもの銃口が屋上から化け物を狙いすましている。

「カイン大佐の敗北だけが想定外だったが、他は概ねこちらの作戦通り。流石にイーマの第三騎士と言えど十倍の兵力差は埋めようが無かったな」

「あらぁ、すぐには殺さないの？　お話が好きなのかなぁ？　あひゃははあｈｈ」

苛立ち反対の膝も打ち抜くと横に崩れ、ずり落ちるよう女性的に座り込んだ。

「はあぁ、もう御飯事《おままごと》も御仕舞いね。まだお話出来るなら、一つだけ聞きたいわ」

「……何だ？」

「いつこの作戦はすり替わったのかしら？」

「初めからだ。初めからお前には誤認させていたんだよ」

イラスト／Iris

「あらぁそう。じゃあ私は最初から騙されていたのね」

「口の利き方には気を付けろよ？　散々皆を騙すような事をしていたのはお前だろう」

「酷いのね、騙してなんかないわ。脚本に沿って仮面を被って、楽しんでいただけよ」

「ふざけんな、玩具のように弄んで気付かれそうになれば殺してきたんだろう」

「貴方は全て知った上でなのかしら？　いやいいわ。もう早く殺して」

そう言うと化け物の瞳から一滴の涙が零れ、悔しくも見蕩れる美しさだった。殺す時は罪悪感など欠片も感じぬよう醜く抗ってくるとばかり。最後の最後まで許せない女だ。

こめかみを打ち抜いた後、瞳に残らぬよう二度と視線を落とさず屋上にいる兵士たちに手を挙げ合図した。

「お疲れ様でした」

集まって来る兵士の中を探すがどうにも見当たらない。すると両脇を抱えられ満身創痍の龍が近寄って来た。

「ルシファーさん、陽動作戦ご苦労様でした。良くぞ御無事で」

「いやそれより龍、大丈夫なのか？　傷だらけじゃないか」

「すいません、情けない」

「鬼女の奴は？　アベルさんも無事か？」

「残念ですが間に合わず、アベルさんはカイン大佐に殺されました」

言葉がすぐには出てこない。何がどうしてどうなると、そうなるのか。順を追って説明を求

「一度司令部に戻りましょう。話はそちらでします、何より少佐が心配で」

「ブ、ブレンダも重症なのか？」

「いや無事だとは思います」

「思います？」


　幾つかあったダミーの内、言わば本物の司令部に辿り着くと室内には血に染まった多くの兵士たち。龍は入るとすぐに俺を手近な椅子に掛けるよう促した。

「順を追って説明していった方が分かり易いですよね。御存じの事と重複する部分も有りますが一応流れとして聞いて下さい」

「まず昨夜にティラワ少将から連絡が入り、大佐の裏切りが想定されていました」

「何だと？」

「我々が最初に少佐を案内したダミーの司令部からＧＰＳ信号が発信され、北側の山岳地帯に待機していたと推測される第三騎士はそのまま西側に進行して来ました」

「やはり北の第二ルートだったか」

「はい、ルシファーさんの読み通りでしたね。先に到着した僕らはアベル中佐と合流しダミーの屋上に待機してもらっていました」

「東側に迎撃に出ていたのでは、」

「すいません、大佐を出し抜くためにルシファーさんにも黙っておく必要が、」

「いい、続けてくれ」

「はい。信号を確認後、大佐の知らない僕らＡＦＯのヘルメット下に装着した骨伝導の無線で内容を伝達し、アベルさん率いる部隊で少佐を逃がしつつ、大佐の裏切りを付きつけました」

「大佐の狙いもブレンダだったってのか？」

俺を鍛えてくれた大佐が裏切った。いやそれよりブレンダを狙う理由は一体。

「北へと向かうルシファーさんと西に戻る形になる自分とで挟撃の体制に切り替えましたね。しかし後続してきていた大佐の班の兵士を撒くため、アベルさんが東側に居るように見せかける必要がありました。加えて大佐の手下が何人いるのかも分からない状況ですので無線に気付いた素振りは見せず別行動に移りました。ルシファーさんは大佐の監視兵を陽動してくれていたのです」

「それで陽動作戦、と」

「自分は二分だけ物陰に隠れ観察。不審な動きをした疑わしい後続兵は止むを得ず殺しました」

「少なくとも四人はその後俺も殺したから付いて来た兵士の殆どが大佐側だったのか」

「というか本国側と言えるのでしょう。今日こちらに着いてすぐに気付きましたが我々ＡＦＯのメンバーも知らない兵士が二十人程混ざってましたから。しかしインカムを二つも付けているのには堪えました」

「一つでもあの喧い声で煩わしかったよ」

耳に蘇る不気味な音を振り払うよう頭を左右に振り、大きく息を吐いて見せた。

「確かにそうですね、もう二度と聞きたくない声だ。その後自分は一人戻りながらアベル中佐の指示通り司令部に向かう道中駆けてきたブレンダ少佐の小隊と合流。少佐を逃がすために戦闘している中佐の応援に向かうべく司令部に案内した後すぐに建物から出た所で、化け物に見つかりました」

「直接対峙したのか？」

「はい、五回くらい死を覚悟しました」

龍は淡々と説明しているが言葉の節々から、その時の緊張が伝わって来た。

「『みいつけたぁ』、と言われた時は正直身体が固まりました。運悪く少佐を案内した直後でしたから当然視られていたでしょうし、入り口の前で逃げる訳にはいきません。周囲は完全に包囲され正面には化け物。覚悟を決め構えました。何故か銃ではなく拳を構えたからなのか化け物もニタニタ嗤いながら背負っていたライフルを投げ捨て手に持っていた無線機を置き同じように拳を構えたんです。自分は対人格闘制圧戦に措いて人並み以上の自信がありましたから正直言って好機だと思いました」

龍の言葉を元に戦慄の情景を思い描く。

上体の芯を曲げないままグッと重心を下に落とし、軽く握られた左の拳を前に突き出した姿勢で勢いよく飛び掛かってくる。

大きく見開かれた両の眼から放たれる威圧感の中に潜む、高揚感が伝わって来た。ほんの少し上がった口角のせいなのだろうか。向かって来る化け物は楽しそうにも感じるのだ。飛び掛かり突き出した左拳を、そのまま顔面に触れそうな距離まで伸ばしてくる。上体を後ろに反らしながら右の手の甲で払い、弧を描くように手首を返し、腕を絡め取るつもりが痛みによろめく。左拳で間合いを図りつつ視野を狭めたか。腹部に刺さった左膝は掴む間もなく地に着くと同時に素早く繰り出された右脚を左腕で防ぐ。華奢な身体から振り抜かれた脚は芯を貫くキレがあり、気を抜けば一瞬で意識ごと首を刈り取られそうだ。

身を屈めたまま下段を蹴ると、跳び箱のように人の頭に手を付き上を飛び越えた。苛立ちながらの後ろへの回し蹴りは空を切り、化け物は余裕の笑みを浮かべながら首を傾げ嗤う。

「貴方がぁ、ＡＦＯの指揮官で合ってるかしらぁ？」

大佐を介して漏れたであろう情報は、残念ながら昨日までの計画全てだった。

「計画が〝何故か〟露見したようですね。残念です。しかしこの兵力差を覆せるんですか？　幾ら第三騎士様と言えど、」

言いながら右の上段回し蹴りを放ち、勢いで一回転して間合いを詰め両の拳を交互に繰り出す。

「あひゃひゃひゃひゃｈｈ、貴方には余程自信があるようね。どれ程に志があろうとも技術を培ったのは殆どが島でだけでしょう。そんな御飯事しか知らない塵如きがアタシに敵うとでも思って？　フフッ」

化け物は溢れる出る余裕を隠さずに捌き切り続けた。

「あの女を差し出せば貴方はぁ、私の下で飼ってあげても良くてよ」

「ふざけるな！」

「貴方がそこまで庇う理由は一体何？」

「忠誠を誓った。何より自分は少佐を慕っている」

「馬っ鹿みたい。あひゃはは、人間の最も愚かな感情よ？　充たされたいと疼くならアタシが捌け口になってあげる。青春の色欲なんかで人生を見誤っては駄目よ？」

眼前の女は自身の身体をなぞる様に挑発する。

「お前みたいな化け物なんかに人間の感情は分からない。そんな稚拙な理由なんかで忠誠など誓うものか」

化け物に立ち戻った女の表情は一変し憎悪を露わにした。

「そう。貴方もあの女が良いのね。じゃあ死になさい」

感情剥き出しで襲い来る猛烈な足技に防戦一方の中、北側から銃撃戦の様相が窺え焦りを隠しきれない。すると後方から銃声が
「龍大丈夫？　下がって」

「少佐！　出て来ては駄目です。中へ」

「何言ってるの、龍が危ないのに、」

「違う！　貴女が標的なんですよ？　すぐに、」

「あひゃははｈｈｈ、馬鹿な女は死ね！」

猛襲する暴力は激しさを増した。よろけて出来た僅かな隙に後方へ蹴り飛ばされ、化け物は宙に前転し少佐との距離を一気に詰める。

「少佐、逃げて！」

少佐が目の前にいくら乱射しようとも、捉え切れぬまま銃を払われ顔面への掌底で後方の壁まで吹き飛んだ。

「やめろ！」

払い除けた銃を拾い上げると銃口が少佐に向けられる。急いで起き上がると同時に少佐の前へと割って入る様に飛び込もうとするが、銃口はこちらを向いていて冷酷に放たれた銃弾が二発両足を貫きその場に倒れる。それでも、這ってでも少佐の下へと
「気色悪ぅい、そこで見てなさい」

司令部から出て来た少佐の小隊も少佐自身を人質に取られた形になり身動きが取れぬまま顎で合図され今まで一切の手出しをしなかった第三騎士小隊が拘束。司令部の建物前に全員俯せにされ銃口を向けられてしまう。

化け物は少佐の髪を鷲掴み無理矢理上体を起こすと、正座するように座らせる。まだ意識が戻らない少佐の髪を掴んだまま、有ろうことか銃で少佐の胸をなぞりながら
「よく見ていてね、あひゃはは」

「やめてくれ、頼む！」

無常にも響き渡る銃声は悪魔の高嗤いと共に少佐の二つの乳房を真横から打ち抜いた。激痛に目覚め悶える少佐と、己の無力さを呪い怒気に震えながら叫ぶこの声すらも届かず皆の憤りを掻き消すよう化け物は嘲笑する。

「あひゃひゃひゃひゃひゃ、いひひひひひひぃひぃひぃ見て見て穴が開いたの！　これでもう女として終わりねぇ、不様なシンボルぅきゃははｈｈｈ」

気が狂う。歯を喰いしばり何本の毛細血管がブチ切れたろう。怒りに身を任せ立ち上がり無力の拳を振りかぶる。

「ひゃはｈｈ、何ソレ。アタシを笑い殺す気なのかしら。今目の前で穴だらけにして殺してあげるからよく見ているのよ」

覚束無い足取りのまま左の肩口を撃たれ、またもや力なく地に伏させられた。泣き叫び暴れる少佐の顔や身体を何度も踏みつけては狂ったように嗤う悪魔がいよいよ銃口を頭に向け終焉に向け撃鉄を起こす。

「頼む、お願いだ。どうかやめて下さい」

泣き腫らし痣だらけの顔で少佐は、化け物を真っ直ぐ見つめていた。

「レイ大佐、どうして？」

化け物は急に真顔になると語りだした。

「貴女が憎くて仕方無いの」

「私が大佐に何か、してしまいましたか？」

口の中が切れて喋りづらいのだろう会話の折に見え隠れする歯は鮮血に染まっている。

「あの男はお前を求めた、アタシにはもう興味なんて無いくせに。殺しが上手なアタシしか見てくれないあの男が、ろくな殺し一つ出来ない小便臭い餓鬼に興味を抱いた。とても理解出来ない。アタシには散々殺せ殺せと言い続けてきたあの男が、ブレンダは殺さないでくれと」

捲し立てる化け物だが、この時この場に居た誰もが理解出来なかっただろう。

少佐がか細い声で問う。

「あの男とは、どなたですか？」

鬼の形相で見下ろす二つの眼は、やがて正面の人影を捉えた。

「あらぁ、カインじゃない。もう終わったの？」

このタイミングで大佐の増援、未来は無常にも詰んだようだ。

「ああ、アベルの餓鬼は殺した」

「じゃあ後はアタシが、」

「待つんだ」

「何よ、今良いとこなのに、」

「今さっきエンデ隊長から連絡が来た。総統からの伝令でブレンダを生かして本国へ連れ帰れとの事だ」

「ふざけないで、アタシは聞いてないわ」

「ふざけているのはお前だ、レイ。総統は事前に伝えてあると仰っていた」

「冗談じゃないわ、こんな小娘が何だって言うのよ」

「我が儘も大概にしろ」

カイン大佐は目にも止まらぬ速さで腰から抜いたリボルバーを放つと化け物が向けていた短銃を撃ち落とす。

「っ、カイン、アンタ……」

「お前らも分かってるな、総統の命令だ。銃を向ける先が違うようだが？」

カイン大佐の言葉に、包囲していた化け物の小隊兵は顔を見合わせ戸惑うも銃口を第三騎士レイへと向ける。

救われたのか否か、一旦は窮地を脱したのかもしれないが、状況は依然芳しくない。

「お前たちまで……、そう」

化け物は司令部の入り口へと飛び込むように宙返りしながら愛銃を拾い上げ建物内部へ逃げ遂せる。

「追え。殺せるもんなら殺して構わん。本国より命令違反で厳罰の沙汰が下った」

カイン大佐の指示でレイ小隊は銃を治めると隊列を整え司令部へと駆け込んでいく。

「命拾いしたなあ、想われ人」

「待て！　アベルさんは」

「聞こえなかったのか、もう殺したよ」

「貴様、よくも、」

「よく考えろよ？　お前ら今俺に救ってもらったばかりだろう？」

「待て！」

侮蔑の言葉を意に介さず、大佐は少佐を肩に抱えると踵を返し戦塵に消えて行った。

「な、ブレンダを連れて行かれたのか？」

思わず龍の胸倉を掴んでしまう。

「いえ、厳密にいえば〝まだ〟です。話を聞いて下さい」

「……すまない、」

胸倉から手を離し座りなおすと再び龍の説明に情景を浮かべる。


ブレンダの小隊兵に脇を抱えられながら、龍の指示により数人を残し小隊を大佐の追撃に向かわせた。元々ブレンダの小隊に属していた龍は小隊全員と面識があった訳だ。

「ドッチはすまないがこのまま俺と。ノラと赤毛で小隊を指揮して大佐の追撃にあたってくれ」

この時司令部内部から聞こえていた銃撃戦は次第に音が屋上に向かい徐々に遠のくなか、骨伝導の無線で北西にイーマ本国のものと思われる戦闘ヘリが着陸したと連絡があった。

「北西だ、北西に向かってくれ」

簡易的な手当てに留めドッチの介助を受けながら自分たちも北西に向かう。と同時に骨伝導の無線でＡＦＯ側へ伝達。

「カイン大佐は少佐を拉致し北西に向かっている。半数はブレンダ小隊と合流後少佐を奪還。もう半数は市街地中央通りの屋上を伝い西へ向かっている第三騎士を迎え撃て」

龍が指示した内容は中央通り沿いの建物を囲うよう左右の建物屋上に潜伏し上から包囲し狙撃する、俺が元々アベルさんと計画していた作戦に擬える形であった為、幸いにも最後は作戦通りに討ち取れたと言う事か。

「あの爆発は何だったんだ？」

「アベルさんが仕掛けていたものだと推察されますが確証はありません。あの爆発で左右の建物で包囲待機していた仲間が、かなりやられました」

龍の話では北西に着いた戦闘ヘリはＡＦＯの兵士たちが制圧。やってきた大佐に身構えるがヘリにあった応急キットで先に手当てを促した所へ血みどろの第三騎士が襲来。大佐は場所を変え少佐の手当てを続行するよう言い残し、化け物と対峙。元聖槍騎士同士の戦いは熾烈を極め、その後に爆発が起こったらしい。

「大佐は敵だったのか味方だったのか解らないが、第三騎士に敗れたことは確かだ」

壮絶な亡骸を回視しながら見抜けず仕舞いの本心を問う。

「爆発が誰によるものかは想像の域を出ませんが、位置的に考えても騎士同士の戦闘にかなりの影響があったことは確かです」

「爛れたような亡骸はそのせいか」

「自分は大佐の遺体を視ていませんから何とも言えませんが」

戦闘中に爆発に巻き込まれながらも、最後はあの建物内部に達し死闘を続けていたのだろう。そこへ俺が屋上伝いにやって来たという流れか。辛うじて生き残った化け物を包囲網の真下に連れ出せたのは運が良かった。俺はてっきり今は亡きアベルさんが作戦通り包囲してくれていたのかと。

「それでブレンダは今何処に？」

「北に停められていたＣＨ―47に乗せて応急処置を済ませた状態です」

「じゃあ〝まだ〟とは？」

「ＣＨ―47から鬼ヶ島に連絡した際、少将へ繋いでいただこうとしたのですが」

龍の表情が曇る。

「少将に何かあったのか？」

「いえ本国から〝迎え〟が来ているとの事でして、反意を示す少将と本国の兵士とで戦々恐々とした雰囲気の様です」

「ブレンダを本国へ連れて行く為か。そもそも何の為に連れて行くんだ？　目的は？」

「詳細は話すとかなり長くなりますので、移動中に改めて。先ずは今この切迫した状況下で島に帰還するべきか否かです。戦場では応急処置までしか出来ませんから考える時間は余りありませんが」

「他に選択の余地があるのか？」

「ＡＦＯの占有地であるエリアＫが自分の故郷ですので、そこへ避難するのも一考すべき価値はあるかと」

「駄目だ、少将はどうする？」

「ルシファーさんはどちらが大切なのですか？」

選べるものかよ、忠誠と恋慕の異極を天秤に掛けろと言うのか。

「ブレンダは連れて行かせはしない。島へ帰還さえすれば少将が打開策を、」

「甘い、考えが甘過ぎる」

「何だと？」

「本国から来たのはあのウォルフガング・エンデです。確実に任務を遂行する筈だ」

イーマ副総統にして現ＳＳの隊長、元聖槍十三騎士の長であったという男か。肩書だけを鑑みても当然反論は出来ず、龍の言う作戦に従う他妙案は考え得なかった。

「必ずや合流を果たします。それまでどうかご武運を」

龍たちはＡＦＯの僅かに生き残った二十余名の残兵とブレンダを乗せ、北に停めてあったＣＨ－47でＡＦＯの占有地エリアＫという場所に向かった。俺は生き残ったブレンダの小隊所属だと言う赤毛、ノラ、ドッチの三名と共に島へと帰還する。出撃時はＡＦＯを含め三百を超える兵が居たはずなのに。

目的は果たした、だが勝利と呼ぶには余りにも失ったものが大きい。遠のく戦場を俯瞰し自ら引いた引き金の重圧を実感する。これから向かう島にはもう過去の面影は無く、後戻りは出来ない。大きなうねりに逆らい抗うと決めたのだ。今日失った仲間たちの為にも立ち止まる事は決して許されない。

鬼ヶ島の行く先、イーライ少将が描く未来が明るいと信じて進むだけだ。皆を奮い立たせる為か己の為なのか、鼓舞するように語る言葉が止め処無く溢れ帰路に沈黙を恐れた。


やがて島が近付くと機体は速度を落とし、上空から見下ろす光景に驚きを覚える。禁止エリア側の普段、光学迷彩を展開している一帯が露わになっており、二機の戦闘機と輸送機が一機停まっている。誘導灯が灯りこのまま禁止エリア側に降りろとの指示だ。当然この子たちへまだ島のからくりを説明していない、困惑し質問責めを覚悟したが振り返ると三人の表情は不自然にも冷静だった。

「お前ら何を何処まで知ってるんだ?」

三人に向き直ると年長者であるドッチに尋ねる。

「龍ちゃんから私たちは聞いてますし、私自身もＡＦＯ側なので……」

「そうなのか。実際のところＡＦＯの潜入兵はどの位いるんだ?」

「今回の作戦で一般兵は殆ど……、でも島に長く潜入している人は将官にまでなってる方もいます」

おおよそ男の素振りとは思えない仕草で語るドッチに、悪気は無いが無意識に一線を引いてしまう。まさかとは思うが命成に由来しているのだろうか。

「将官にも居るのか、まぁ分かった。とりあえず降りよう」

話の途中だったが着陸が完了しハッチが開く。丸一日振りに帰還した島の雰囲気は重くそれが心情的にそう感じさせているのかは判らない。発着場を見渡すと停まっている教本でしかまだ見たことの無かったF35ステルス戦闘機に後ろ髪を引かれつつ司令部へと歩を進めた。

司令部の一階、ガラス製の自動扉が開く先に数人の黒服が待ち構えている。進むしかないが気が進まない。視線を逸らし大きく溜息を吐いた。


「〝その〟ブレンダが居ないようですね」

司令部に入ると真っ先に目に付き離れない圧倒的な畏怖の念を押し付けてくる白髪の男。年齢不詳で背が高く鋭い眼差しに思わず目を逸らし、小さな敗北感を植え付けられた。

「ルシファー、ブレンダはどうした？」

白髪の男に負けず劣らず怒気を発するイーライ少将が、訝し気に尋ねてきた。

「すみません少将、何と説明したらいいのか……」

逸早く報告したいのは山々なのだが、こうも見知らぬ黒服たちに囲まれた中で何をどこまで話して良いのか判断に困る。泳ぐ目線を察してか
「場所を移そう爺や、構わないな？」

「ええ、構いませんよ」

過去に一度案内してもらった司令部の反対側にある会議室。アルファベットのCの形をした机が段違いに同一方向を向いている。

室内にはこれまた初めて見るしわくちゃな顔の男が教壇の位置に立ち少将に会釈した。既に着席していた一同の内数名は一度立ち上がりこちらに敬礼すると座りなおす。一瞥に留めただけの兵士の中にはヴァサゴ中将や各部隊の将官が居る。

久々に見る本物のヴァサゴ中将に少し口角が緩んだ。

「ルシファー、お前は前に立ち皆に報告せよ。他の者は脇で見ていろ。……すまんな、席に空きが無いのだ」

連れてきた三人へは入り口の脇に立つ様、指示がなされたが少将の配慮に優しさを感じて三人を一瞥すると軽く頷き微笑んで見せた。これ程の面々を前に何かを話すというのは緊張で卒倒しそうになるがブレンダ小隊の三人も見ている。しっかりしなくては。


「報告は以上です」

震える語尾を制しながら何とか知り得た一連の経緯を報告してしまったが果たして本当に良かったのだろうか。しかしブレンダや龍が向かったとされる【エリアK】という場所についてのみ何処へ向かったかは分からないと虚偽の報告をしたのだった。

「下がれ、お前も脇に立っておけ」

教壇にガミジン議長とあるしわくちゃな男は顎で入り口を指す。

「これにて今までの脚本は仕舞いだろう。エンデ隊長、いや失礼、エンデ副総統。我々の今後の身の振り方はどのように？」

鼻に付く独特の話し方をする男だ。この議長は恭しく白髪の男を見た。やはりこの男があのウォルフガング・エンデか、納得のオーラだ。

「ルシファー、と言ったね。実に興味深い名前だ。それについては一先ず置いておいて本当に君は行き先を知らんのかね？」

後方上段の机から見下ろすように問われ
「はい、龍は【ＡＦＯの占有地へ】とだけ言い残して去りました」

「普通は気になるだろう、何処へ向かうのか。君は気にならなかったのか？」

見透かしたような目で疑念を含んだ問い方だ。

「いえ、ブレンダは重傷で選択の余地が……」

「島へ帰還したって良かった筈だろう？」

議長が口を挟む。

「ですから、自分自身的確な状況判断が出来ない状態でして、」

苦しい言い訳を余儀なくされ追い込まれる中、イーライ少将が口を開いた。

「全員聞け、先ずはハッキリさせようじゃないか。どの道ブレンダを本国に送り出すつもりは毛頭無かった。今のこの掛け合いに何の意味がある？　さっさと本題に入れ」

改めて少将の本来の立ち位置や今までの階級の無意味さを明確に知ら示された瞬間だ。

「しかしそれではお嬢様、総統に対しての謀反に、」

議長がこれまた恭しく返すと
「そうだと言っている。レヂンを討つ！」

会議室が騒然となる。当然だろう、それ程の事をたった今少将は明言したのだ。

「貴女までも愚兄の意思を継ぐと仰るのですか？」

物憂げな表情の白髪が哀愁を漂わせる。

「爺や、解ってくれ」

「私に総統の子を二人も殺せと？」

「爺やっ！」

わざとらしく大きな溜息をつくヴァサゴ中将が割って入った。

「エンデ隊長、そうと決まれば儂がどう動くかも推察出来ん訳無かろう。二度と過ちを繰り返させるものかよ」

「ヴァサゴ、貴様っ」

「もう同じ轍を決して踏まんぞ」

憤怒の怒号に凍り付く会議室。重苦しい空気の中、静かに唾を呑む。

「ヴァサゴ……、いいのか？」

「ルシフェル様の一件でどれ程悔やんだことか。儂はもう二度とあんな気持ちは御免です」

「ありがとう、ヴァサゴ。我が師よ」

そうだ。少将はヴァサゴ中将を兄弟揃っての師と言っていた。ヴァサゴ中将は立ち上がると座る白髪の横に立ち机に片手を付いて
「隊長への義理立てもとうに済んどる。どうするんじゃい、儂と今ここでやり合うか？　ちと年は喰うたがまだまだ現役よ」

ドスの利いた低音が響き白髪に視線が集う。

フッ、と笑う白髪はヴァサゴ中将へ座ったまま向き直ると
「この場は引き下がろう、イーマの英雄が相手では少しばかり荷が重い」

立ち上がると連れ立った黒服に向け
「殺される前に帰るぞ」

数人の黒服を連れ会議室を出ようとこちらに歩いて来る。

「副総統、私はどうすれば？」

慌てて議長が歩み寄る。白髪は振り返り会議室を見渡すと
「お前も本国へ来た方が良い。ここにもう味方は居ないようだ」

すれ違いざま何となく視線を逸らせてしまったが耳元で囁き肩を叩かれた。

「意思を継ぐ者よ、次は戦場で見えよう」

返答はせず、去る背中を睨み続けた。

「はっはー、年甲斐も無くやっちまった、さあどうするよお嬢様」

場を和ませるように努めて明るく振る舞うヴァサゴ中将は少将に笑顔を向け入り口に立ち尽

くす俺たちへ
「お前らもほら、こっちへ来い。適当に空いた席に座れ」

四人で顔を見合わせたが小さく会釈しながら上段の先程まで白髪や本国の黒服が居た席に座った。大きく息を切り咳払いしながら少将が前に出る。

「ここに居残った皆は私の同志と受け取って違いないか？」

押し黙っていた将官たちが頷く中でドミニオン中将が手を挙げた。

「イーライ少将、いやこれからは何とお呼びすべきか判りませんが、先程ルシファー君が言っていたＡＦＯの潜入兵の紹介をと」

「ドミニオン、貴方はＡＦＯ側でありましたか」

ドミニオン中将の指示により、潜入していた兵士が一様に手を挙げた。

これには少将やヴァサゴ中将も驚いただろう。ドミニオン中将を始め紫伝、アーク、ザガン、セラフィムと並居る将官や佐官の殆どがＡＦＯの潜入兵だったのだ。

「皆が今まで身分を偽っていた事への処罰などは当然無い。知りたいのはこれからの意思だ」

少将の問いかけにドミニオン中将が答える。

「我々の思想は一貫して打倒イーマです。同志と認識していただければ幸いです」

小さく頷きながら少将が
「了解した。では改めて同志たちよ、これより新生鬼ヶ島の新編成を伝える」

かつては敵同士として争い合った赤と青の両雄が一堂に会し集う新編成に感情が昂る。ここから先、脚本の無い本当の戦争が始まるのだ。一般兵の多くは先の中東戦で座に帰す事となったが石板はもう必要無い。常に心に共に在る、と元帥の言葉を反芻した。

青軍側に生き残っている兵士たちは知り得なかった驚愕の事実、その全てを三大将たち自らが新編成を基に説明し、新生鬼ヶ島の向かうべき方向を指し示した。

誰しもが驚いた新編成の小ネタの一つが元青軍大将のパイモン・シュナイダーの立ち位置だろう。俺を含め教本が世界の全てだった皆にとって赤鬼が存在しない空座であった事よりも忠義の対象であった青鬼が、本国では立ち位置の低いただの脚本家であって以後は少佐として配属されているのだから。正直この上なく話し辛い訳だ。ましてや俺の配属先である鎮定殉葬の部隊で部下になると言うのだ、気まずくて仕方がない。

さらに俺自身も知り得なかった島の性能には驚かされる事ばかりだった。本国に対し反旗を翻し相対することになった以上は早急に攻め込まれるものだとばかり考えていたが、この島は思いの外最先端の結晶でLO特性、俗に言うステルス性能を兼ね備えていたのだ。

こちらから意図的に電波を発信、又は兵器を使用しない限りは島の現在地を特定する術は無く、氷山空母として人為的に造られたこの島は移動要塞でもあるのだ。誇らしげに語ってくれたドミニオン大将の話に童心へと誘われ心が躍った。

現AFOの創始者ジェフリー・ハバクック氏と秀＝金田氏、イーマ大国の名技師であるフェルディナント・ビートル氏の三人が身分や国籍を超え、純粋に科学の力で世界に平和をもたらす為、造られた希望の島。

島の頂に二つある大きな電波塔を覆う様にカモフラージュしたことで携わった技術者の一人金田氏の故郷に伝わる童話に出てくる鬼ヶ島に見えた事から名付けられたそうだ。昔に本国で幼少期にその話をビートル氏から聞いたパイモン少佐は原作に肖る形で脚本を画いたらしい。

元大将の威厳がいよいよ暴落し高騰の兆しは見えない。

とは言え一体どれ程の時間が稼げるのだろうか、急ピッチで新編成の訓練が進められているがステルス性能を過信してはいけない。視認は出来てしまう訳だから捜索隊に発見されればそれまでだ。

改めて開かれた会議で隠していた【エリアK】を伝える。意見は割れたが留まる事へ危険視する声が勝り進路を南へ。エリアKを目指す事になった。

初めて動き出す島に、期待が膨らむも酔い嘔吐する兵士、何より気温の変化が辛い。しかし今まで生きて来て一年に一度観れるかどうかの【日没】に感動を覚えた。

少し緯度を南に下がった辺りからは何と毎日太陽が垂直に沈むのだ。数日は毎晩のように漆黒の海上を眺める兵士で港は賑わい、皆太陽が消える瞬間、そしてまた昇る太陽に歓喜した。

ゆっくりと南下していたある朝、居住をモイドムに移していた俺は、窓から見える景色に打ち震えた。

「大陸だ……」

当然疑似戦争に赴く際にも大陸は何度となく観る機会があった訳だが島から望む大陸は込み上げるものがあり思わず飛び起きる。

「おいドッチ、赤毛、ノラ、起きてるか？　港へ行くぞ！」

新編成以降の部屋割りは変わり、将官から順に希望する部屋へ移ることが許され俺はモイドムの最上階を射止めた。長かった地下暮らしの反発だろう、年配の将官は引越しを面倒臭がり司令部に残る人が多く、部隊の連携を図る意味合いもあっての希望が無事通り隣の部屋にドッチたち三人が住んでいるのだ。

一人性別不詳は置いておいて、赤毛とノラは少なくとも女の子だからと気を遣ったのだが「鬼ヶ島」を作るから大丈夫だと言う。

ようやく起きたのか。ドア越しに聞こえた歓声に共感したい気持ちが逸る。扉が開くと四人は満面の笑みを浮かべ港へ駆け出した。

チュクチ海からベーリング海へと海峡を越える際に左手に見えてきた大陸の港町は栄え暖かそうな蒸気が幾つもの建物から上がっていた。この海峡を越えたらまた暫くは陸地を拝めないそうだ。明け方早くに賑わった港は間も無く封鎖される。会議で得た指令は要領を得なかったが、その日の午後にまたも島の新たなシステムに驚かされた。

進路を南西に向け以降は要塞へと形態を変える為に禁止エリアと分かたれていた壁が何と南東側にもせり上がってきたのだ。

地上からの視界は遮られ、空を望むだけになってしまったが俺の部屋からは辛うじてまだ景色を望めた。

日を追う毎に気温は上昇し寝苦しさは堪えるが、温かい気候もそう悪くは無い。中東での戦いから早くも二ヶ月が過ぎた。慌ただしくも仮初の平穏に染まる日々の中で【平和】への願いを強く抱くようになる。

元帥の指示によって議決された徴兵制度の撤廃が何より大きい。この件については誰からも反論が無く、モイドム前の居住区エリアでは本来なら67期生となっていた子供たちが幼子を抱えてはしゃいでいる。この子たちには戦争の無い未来を生きて欲しい。言葉にはせずとも、そんな想いを元帥から感じられ一段と忠誠心が高まった。皆同じ気持ちだと思う。

世界の情勢を聞けば悠長にしていられない実状は理解出来る。しかし何故、人はそこまでして争い領土を求めるのだろう、こんなに小さな島でさえ今この時はこんなにも幸福が溢れている。

奪い合い殺し合う先に何が残るのだろう、奪われない為には戦いから逃れられない。たった二十年生きただけの俺がこんな風に思えるのに、どうして誰も戦い以外の選択を選べないのだろう。

無邪気にはしゃぐ子供たちの笑顔には言い表せない幸福感が在り対比する運命を呪いながら感傷に浸る。

次の日召集の鐘で目覚めると、慌ただしく廊下を行き来する足音に気付く。

「どうしたんだ？」

少しだけ開けたドアから顔を覗かせると、行き来する兵士の中に赤毛を見つけた。

「あ、おはようございます大佐。間も無くエリアKの領地に接岸するみたいで皆逸早く見たいと屋上に集まってるんです！」

赤毛の無邪気な笑顔を見ていると昨日の子供たちが浮かんだ。あと一年、あと一年遅く生まれていたなら、赤毛は兵士にならずにすんだのか。なんて考えてしまうと切ない。

「そっか、赤毛はもう観てきたのか？」

「これからです、大佐は会議行かなくて良いんですか？」

「おっ、やばいな怒られる。赤毛は観ておいで」

頷くと満面の笑みで駆けて行った。つい昨日の流れで感傷に浸りやすくなってしまう。頬を掻き身支度を済ませ司令部へと急いだ。

「もう大佐ぁ、遅いっすよ」

「……ああ、すいません。行きましょうか」

全く、人生とは判らない。こんな掛け合いをまさかあの青鬼とする事になるだなんて。かつての青鬼ことパイモンは正式に鎮定殉葬への部隊配属が決まり、他の部隊長たちと散々押し付け合った結果俺に回って来たのだ。セラフィム少将が年功序列を謳った時には呪ってやろうかと心底思った。そっと会議室の扉を開け、顔を覗かせる。

「遅いぞ、ルシファー」

早々にイーライ元帥の怒号が飛び、深々と頭を下げると席に着いた。着席する際に横切った面々が、後ろに付き従う腰の低い元青鬼を見て笑いを堪えているのが目に浮かび静かに溜息を零した。

議長席に目を向けるとティラワ中将の姿。

「はーい、それでは六分遅れで会議を始めまーす」

感じる視線には一切見向きしない。

「これより我々はエリアKの首都に接岸、上陸しAFOの現代表である毅＝金田氏と接見しまーす」

いよいよか。ブレンダや龍の傷はもう癒えただろうか。

「上陸するのは我らが元帥とぉ、ヴァサゴ大将、そしてぇ、鎮定殉葬の遅刻常習犯ルシファー大佐で向かってもらいまーす」

いくら元帥の幼馴染とは言え、中将の話し方には肝が冷える。

「え、自分がですか?」

「はいー。元々元帥の直下だし代表の御子息やブレンダちゃんとも面識があるしね」

「代表の御子息?」

「橘＝金田氏、【龍】と呼んだ方が理解しやすいかな?」

龍がAFO代表の息子だったなんて。予期せぬ登場の仕方だったが

「分かりました、自分も同行させていただきます」

会議はすぐに終わり今後の方向性を担う重要な場に立ち会う事となった。久々に訪れた研究棟で元帥とヴァサゴ大将、ティラワ中将と最終打ち合わせを行う。

武力行使の意思が無いと伝える為とは言え、守るべき元帥の御供が僅かに二人。

その内の一人が俺では頼りなく無いだろうかと自分を蔑んでしまいそうになる。緊張で堅くなった俺に気付いたのかヴァサゴ大将が

「ルシファー、出世したなあ。この老兵も及ばずながら力添えするがどうかお手柔らかに頼むよ」

優しく微笑んで肩を叩いてくれた。

「いやいや、こちらこそ」

上官に気を遣わせるようじゃ駄目だ、しっかりしなくては。

「んじゃ説明しまぁす」

中将の説明によると、一時間後に代表と既にアポイントが取ってあるそうだ。この四人だと気を許せるのか、時折元帥のことを【イーちゃん】と呼ぶ中将と微笑ましく見つめる大将の姿に元帥たちが過ごしてきた過去を想像してしまう。

「ルシファー、お前。何だその顔は？」

つい元帥たちの幼少期を思い浮かべ俺も口角が緩んでいた様だ。

「あ、いやすみません」

大将の笑い声に皆流されるよう笑った。

轟音と共に島の黒い壁が沈んでゆく。北西側の壁まで降ろされ島を常に覆っていた圧迫感は今、完全に解き放たれた。

ふと壁越しに連なった司令部はどうなるのかと港から振り返ったがそこには一つの建物として成る司令部が在り、壁に断裂されていた訳では無い様子だ。では沈んだ壁は一体どうなっているのだろう、色々と気になるがもう上陸の時間だ。

壁が沈み切ると港には桟橋が浮上しドックから小型船が一艘出てきた。まだ対岸には少し距離があるが島の動きは止まり、ここからは小型船で上陸するらしい。

「ではアーク、頼むぞ」

小型船の操舵席にはアーク中将が居り送迎をしてくれるらしいが何て豪華なのだ。あのアーク艦隊を率いる中将自らがこんな小型船を操舵するなんて。

船がゆっくり動き出すと港に見送りに来ていた兵士や子供たちに手を振る。元帥が
「行ってくる」

声を挙げると歓声にも似た送り出しの言葉が飛び交い、この人に付いて行けば必ず平和を掴み取れる、そう感じたんだ。

エリアK、ここは大陸では無く小さな島国らしいが小さいと言っても島とでは比べ物にならない。左右見渡しても陸地がどこまでも続いている。

近付くにつれそれはもう大きな港だった。巨大なクレーンや首が痛くなる程の高い建物がひ

しめき合い密集している。沿岸部に沿って山並みが見えるものの市街地の先には建物の集合体しか見えない。

目線の先でグレーの正装に身を包んだ男が会釈し出迎えの自動車という四輪の乗り物に乗り込む。港を出てからは車内の窓越しに見切れた圧巻の建造物が建ち並び興味が忙しく台頭してくる。

「少しは落ち着きなさい」

対角線の後部座席に座る元帥から半笑いで諭され、下唇を突き出しながらそっと背もたれに寄りかかった。やがて前方のガラス窓にはひと際目立つ巨大な塔が見え
「あれは何ですか？」

思わず運転手に問いかける。

「武蔵ツリーと言いまして、我々が首都とする街のシンボルです」

「武蔵ツリー？」

「語呂に合わせ高さ６３４メートルもある巨大な電波塔です」

確かに、視界に捉えてから車内では頂を望むことはとても叶いそうにない。巨大な鉄塔の存在感を右手に見据えたままやがて場違いに緑の木々が生い茂る小さな森の中へと進み、荘厳な建物の前に着いた。

ベルトを外し車を降りると建物の玄関口で手を振る龍と後ろに立つブレンダの姿に安堵した。

「御無沙汰ですルシファーさん」

「龍、傷はもう癒えたのか?」

「はい、寝てばかりもいられませんので」

ブレンダはヴァサゴ大将の下へ駆け寄ると
「ヴァサゴ先生、お久し振りです」

大将はブレンダの頭を撫で微笑む。俺は立ち止まり皆が入り口に歩いて来るのを待った。

「お前なあ、心配かけやがって。身体はもう大丈夫なのか?」

ブレンダは問いに答えず前を通り過ぎた。龍の先導で建物内へ入ると荘厳な外観に劣らず絢爛な装飾品が飾られたホールを抜け二階の広間に案内された。豪華な装飾に目を向けつつ意識はブレンダでいっぱいだった。何故無視なんかするのだろう。

大きな楕円のテーブルに着席すると向かい側のブレンダに視線を送るが頑としてこちらを向く気は無い様だ。小さく何度も溜息をつきながら代表を待つ。広間の奥の扉が開くと一同が立ち上がり、慌てて俺も起立する。

「初めまして、毅=金田と申します。どうぞ皆さんお掛け下さい。ご存知かと思いますがこれが息子の橘と、」

「代表、龍と呼んで下さい。その名をもう名乗る気はありません」

代表は両手を小さく上げ膝を叩いた。

「イーライ・シュトラールです。供の二名がヴァサゴ・メイアーとルシファーです」

「ほう貴方がイーマの英雄と謳われるヴァサゴさんですか。流石の威厳を感じますね」

「いやいや儂のような老兵にはもう重たい肩書です」

「そして貴方がルシファー君か。息子が世話になったね」

「いえ。こちらこそ龍には世話になりました」

形式めいた会話の流れが終わり、いよいよ話は本題へと進む。

「ではイーライさん。改めて確認ですが、貴女は父であるレヂン・シュトラールをその手で討つ覚悟が有りますか?」

和やかな雰囲気から一変、空気が変わる。

「無論です。その為の力添えを頂きたく」

代表は背筋を正すと真っ直ぐに元帥を見つめ
「解りました。本来我々は永世の中立を掲げた身分です。戦争に与する気など毛頭有りません。しかし今回その立場を失ったとて貫かなければならない正義が在ります。イーマ大国の打倒。この一点に措いてのみ、共闘関係を築くとここに誓約致します」

「御英断、感謝します」

歴史的瞬間とでも呼べるのだろうか、大きな物事が決する瞬間に立ち会えた事を喜ばしく思うべきなのかも知れない。そんな時であるのに俺は一向にこちらを向かないブレンダに苛立っていた。島に戻ったらどういうつもりか問う算段を練る。

「ああ、それと。ブレンダ女史についてですが、このままＡＦＯで預かる方が安全かと思いますので、」

「えぇ？」

思わず声が出てしまった。

「はい、そうしていただけるとこちらも安心ですので」

「元帥！」

「ルシファー君、君の気持も分からなくは無いが相手方の狙いである彼女をわざわざ危険に晒すというのかね？」

「いえそんなつもりは有りませんが、……いや失礼しました。仰る通りです」

反論の余地なんて無いじゃないか。挙げた声で羞恥心に身を焦がす。

帰路の車内では行き掛けに物珍しかった建造物や巨大な塔に眼もくれず溜息ばかりが零れる。俺が下を向いていたせいかブレンダが見送りに来たのかどうかも分からない。最後まで目が合うことも無く終わり、傷心で張り裂けそうなこの胸の内を抑え込む術が解らない。まるで溺れているようだった。

道中に元帥や大将が何か話しかけてきた気がしたが、何と聞かれたのか何と答えたのか記憶に無かった。

島に戻ると大将に二度ほど明日の会議時刻の念を押され頷き、すぐさま自室に戻った。途中ドッチたちに捉まりブレンダのことを尋ねられたが「知らねぇよ」とぶっきら棒に答えてしまう。今日は無理だ明日謝ろう。

ベッドに倒れ込むと枕が濡れる。何度拭っても溢れてきた。湿った眼帯を放り投げ無性にやるせなくなって、ただただ睡魔の台頭を待ち望む。

「代表の息子と、お似合いだろうさ」

言葉にすると余計に苦しくなった。


翌朝ノックの音で目が覚める。時計を見やると九時半を少し過ぎた辺り。目頭が何だか腫れぼったい。確か会議は八時からだったが全身を襲う倦怠感が焦りを掻き消していく。

「ああもう！　失礼します」

赤毛が部屋に入って来た。布団を被り顔を隠す。

「大佐、どうしたんですか？　何かよく判んないまま滅茶苦茶怒られたんですけど」

子犬のような喧騒が布団越しに響く。

「ほっといてくれ」

「はい？　大佐？　ちょっと」

「出てってくれ！」

無理矢理布団を引き剥がそうとする赤毛に対して、怒鳴ってしまった。最低な上官だ。

「……失礼します」

赤毛は尖った口調で部屋を出ていった。何をしてるんだ俺は、上官失格だ。

腹の音で再び目を覚まし、布団から出ると

「あ、えっ、？」

椅子に座る思わぬ客人と目が合った。

「何をしているんだ、お前は」

働かない頭がそれでも起立を促す。

「申し訳ありません」

腕を組み深く溜息をついた元帥。暫く沈黙が続いたが立ち上がると
「貴様にやった命成、軽くは無いぞ」

背中越しにそう言い捨てると、部屋を出て行った。気持ちの切り替えに踏ん切りがついた頃日は既に沈みかけていた。ノックも無しに勢いよく扉が開くと拗ねた様子の赤毛たち。

「すまなかった、勘弁してくれ」

ベッドに腰掛けたまま呆けていた俺は、皆に向き直ると頭を下げた。

「まぁ、もういいですけどねー」

わざとらしく溜息をつき不満そうに言い放つ赤毛とその後ろに隠れ様子を窺うノラ。

「ドッチはどうした？」

「大佐の代わりにヴァサゴ大将から今日の会議内容を教えてもらいに行ってます」

「そうか、悪かったな」

「まぁ、こういう日がたまにはあっても、いいんじゃないですかね。人間なんだし」

ぶっきら棒な言い方だが赤毛はきっと、いい女になるだろうな。

「ありがとう」

「とりあえず、はい。食堂から貰ってきました。後でドッチから会議の内容は聞いて下さい」

ノラが持っていたパンを手渡され二人は部屋から出て行った。いい子たちだ。こんな事で立ち止まっている時間は無かったな。丸一日を棒に振ってしまったがモチベーションは何とか回復してきた。明日もう一度元帥にしっかり謝罪しなくては。


翌朝は会議時刻の一時間前、七時に司令部にある元帥の部屋前で床に両膝をつき背筋を伸ばしながらいつでも土下座出来る格好で待機した。昨夜ドッチから聞いた元帥の配慮。会議に来ない俺を庇い「そう言えば昨日休暇を告げたんだった」と皆に言ってくれたそうだ。

ヴァサゴ大将は見抜き、赤毛に滅茶苦茶怒られたと伝えるよう言ったみたいだが優しさにもう感服しました。

「もう決して迷いません」

朝一土下座に半笑いの元帥だったが、謝罪の意と改めてしっかり忠誠を誓った。会議室に入ると冗談ぽく睨むヴァサゴ大将と目が合い、申し訳なさそうに会釈して見せ着席した。

「おや？　遅刻魔を超越された方が混じっておられるようですが、本日も始めまーす」

ティラワ中将は嫌味を超越している。

「いよいよ三日後に迫ったレギン政権の打倒、名付けて【レギン戦役】ＡＦＯと共闘し悪虐総統を誅殺しまーす」

ティラワ中将は熱く語っている様だが室内の雰囲気は至ってクール。決してやる気が無い訳では無いが、ティラワ中将のテンションには度々置いていかれるのだ。不服そうな中将はさておき、代わって三大将がそれぞれＡＦＯとの連携について説明。展開策が議決していった。

本来ならば、ＡＦＯとの共闘を持ってしても戦力差は埋めようも無い程にイーマという大国は強く、他を圧倒していたそうだ。

しかし現在は北東と南東の二方向から北部連合及び千里馬の連合軍により挟撃される形で劣勢を強いられており、この戦況を活かし背後に位置するＡＦＯの占有地から一気に首都を強襲する作戦だ。

イーマの主力部隊はその殆どが前線に出ており、手薄になった所を攻める如何にも卑劣な策と思えるがこれは歴とした戦争、心を鬼にして臨む覚悟が必要だ。

現在交戦中の他国戦線とは真逆、海路の二方向から攻め入る、言わば四方攻め。一方は引き付け役として南西側からＡＦＯの軍勢がこれを担う。当然イーマは困惑するだろう、永世の中立を謳うＡＦＯが本当に身分を捨て乗り込んでくる訳だから。

先刻エンデ副総統に多少話が漏れたことを踏まえたとて、本気で攻め込んでくるとは露程にも想定していない筈だ。ただでさえ劣勢の中、対応に追われている隙に本命の首都を新生鬼ヶ島軍全兵力を以て北西側より攻撃する。

作戦の最後に元帥が語った世界情勢は教本では知り得ないものであり残酷な現実であった。

現時点でイーマ側の戦死者数は既に三千万人を超え、内部秩序が乱れに乱れている。降伏を打診したり、敗走しようものならばその者に帰る場所など無く一族皆殺し。劣悪な悪循環が蔓延しているのだ。

相手側の連合国も合わせて同等の戦死者が出ていると見られ、くだらない領地争いで相当数の人が死んだのだ。

「武を以て蹂躙し人の不幸の上に成り立つ悪政の根源、レヂン・シュトラールを討つ。これが実子でありながら生涯誓った我ら兄弟の悲願であり、血族としてのけじめである。皆の力でこの戦争を終わらせよう」

元帥が描く未来、その先が平和であって欲しい。悪政を極めたレヂン政権を打倒しこの戦争を終わらせるんだ！

――第五章　完

第六章　最期の晩餐

止め処なく柔らかな白が降り積もり、視界を自らの蒸気が遮る。どこか懐かしさを感じさせる氷の大地、ここはＡＦＯ加盟領地エリアＣ。地元民にはアイスランドとも呼ばれ親しまれているそうだ。

イーマの北西側に位置するこの島で現在作戦の開始を待っている。鬼ヶ島はエリアＫに接岸したまま子供たちとオリビア先生、数人の研究者、ティラワ中将とカイザーの部隊に留守番を任せ、ほぼ全兵力が投入された。元帥は本人たっての希望もあり自らが作戦の最前線にて指揮を執られる。

紫伝爆撃隊のみ鬼ヶ島が保有する兵器で臨めるが本作戦に措いて海上兵器の主はＡＦＯ側からの提供によって成り立つ。

「間も無く作戦開始時刻だ。ＡＦＯの主力部隊も所定位置に着いたと連絡があった。定刻にて本作戦を開始する」

先ずデュナミス艦隊から紫伝爆撃隊が先行して上陸地点の鎮圧を図り、同時に海上からアーク艦隊がＡＦＯより借り受けた空母艦二艘と揚陸艦二艘を展開。

ＡＦＯの最新兵器であるという無人航空機【リーパー】を二十機と【Ｍ１Ａ２】戦車二十両
陸上部隊はドミニオン大将が率いる。

鬼ヶ島から全輸送機を使いクローン部隊を運搬、これをザガン中将とスローンズ少将が指揮、クローン兵八百体と共に直接首都に降下する。その後【ＡＨ―64】戦闘ヘリ四機の護衛の中、Ｖ―22にて元帥を乗せ、俺の部隊とヴァサゴ大将率いる少数精鋭部隊でレヂン政権の中枢ヴェヴェルス城を強襲。

圧倒的な戦力を用いれる優位性を感じながらも、これ程の戦力をいとも簡単に捻出出来るＡＦＯの軍事力に一番驚かされた。万が一ＡＦＯが敵に回ったらと思うと恐怖を感じずにはいられないだろう、占有地は世界中に点在するのだ。

ましてエリアＫの栄えようも去る事ながらエリアＣは完全に軍事要塞と化していた。永世中立を謳いあたかも平和主義を唱えておきながら、自分たちの領土が不可侵の壁に守られている事を利用し軍事力を高め周到なまでに用意している、何かに。

軍事要塞がエリアＣだけに留まっているという考えには無理があるだろう。考え過ぎるのは良く無いが、少なくともエリアＣに駐屯している兵士たちは非常に好戦的で、とても金田氏の思想と相反している気がしてならなかった。

元帥の無線機に南西側から侵攻開始の報せが届く、開戦だ。

「現時刻より我々の作戦行動を開始する。イーマ掃討戦争に措ける最終局面、平和を勝ち取るレギン戦役だ。皆全身全霊を以てこれを完遂せよ！」

作戦通りデュナミス艦隊が展開、間も無く揚陸成功の報せが入った。司令部が設置されたエリアCの管制室、初めて観るものばかりだが中でも無人航空機のコントロールルームは圧巻だ。驚くとか、そんな域は遥かに通り越している。

まるで遊びのような感覚で画面に映る戦場を蹂躙、制圧していくリーパー。死神の異名は伊達では無い。六つの兵器が搭載された死神は敵兵や軍事兵器を見つけては容赦無く爆撃していく。一見して楽しい感覚さえ覚えかねないが、画面の向こうでは本当に人が死んでいる事を決して忘れてはいけない。

パンを頬張りながら片手間に操作する者、隣の兵士と画面上の成果を冗談交じりに言い合いながら笑う者たち、否定してはいたが酒臭い兵士まで。こんな奴らがたった今多くの人間を殺しているのか。

敵と定めたイーマの兵士だ。今更迷いなんて有る筈も無い。でも違う、そう言う事では無くて。

大義の為に人を殺す冷酷さを俺は学んだ。あの拷問部屋で、オセ少尉だって俺が殺したんだ。でも違う、こんなにも簡単に無意味に無造作に無作為に、人が死んで善いものか。

「行こう、ルシファー。そろそろだ」

同じ光景を目の当たりにした元帥の御心は、きっと同じであったと信じたい。

ＡＨ—64、漆黒のボディに重厚な機銃を幾つも備え騒音低減の為に特殊な角度でX型に装着

された プロペラ、分厚い強化構造の操縦席に装甲、機首部には最新の暗視装置と照準装置が取り付けられている。戦闘ヘリ一つ取って観ても潤った軍事力だ。こんな機体が無数に停められた格納庫内を進み、搭乗する輸送機へと向かう。

「こちらへどうぞ」

グレーの軍服に身を包んだ中年の兵士に案内され機体に搭乗する際、護衛を務める四機の戦闘ヘリのパイロットを紹介されたのだが、皆想定していた兵士のソレとは違っていた。鬼ヶ島は本来偽物だ。それはもう既成事実だとしても、兵士としての立ち振る舞いや礼節に措いて本物であったと自負している。

少なくとも共に戦う相手方の元帥、護衛対象に対しての態度とは到底思えなかった。ガムの咀嚼音が気になる中年兵、我々の搭乗する輸送機のパイロットに何やら指示を与え間も無くこちらに会釈すると後方へ下がりハッチが閉まってゆく。

「皆言いたい事も有るだろうが、抑えてくれ。共闘関係と言えど我々だけでは劣勢状態のイーマにさえ到底太刀打ち出来ない」

誰とは無く、皆に元帥は言った。ガラガラと音を立て格納庫の巨大なシャッターが開くと一面の銀世界にポツポツ赤い誘導灯が明滅していた。

「さあ、やったるかい」

ヴァサゴ大将は皆を鼓舞するように微笑む。無心になれ、絶対に討ち取る。力強い笑みに背中を押され俺は静かに頷いた。

曇天に向け黒煙がそこら中から立ち昇り、無残なまでに焦がれた首都。世界最強と謳われたイーマ大国の防衛線は最終まで引き下げられ戦火は既に本陣である三角のヴェヴェルス城を取り囲んでいた。

僅か一両のひしゃげた戦車に対し、前方を固める二機のヘリから対地ミサイルが放たれ新たな戦火と黒煙を造る。逃げ惑う兵士と、上空からでは民間人とも見て取れたが機銃は躊躇いも無く火を噴き続けた。

間も無くV—22は垂直降下を始め着陸の準備に移る。

「ここは戦場だ、決して迷うな。狙うはレヂンの首一つ。この戦争を終わらせる」

「はっ」

元帥の言葉に皆の覚悟は決まった。地上20メートル程からロープを伝って二人ずつ降下していく。一番肝が冷えるシーンであったが最早今のイーマに迎撃する余裕は微塵も無いという事だろう。

皆が地上に降り立つとすぐさま輸送機は高度を上げ旋回しエリアCへと帰還して行く。帰りの切符は渡されていないのだ。戦闘ヘリも帰還するかと思っていたがどうやらまだ殺し足りない様だ。

焦げた戦塵の中、城を囲む木々に身を隠しつつ歩を進める。すぐに見えてきた歪な三角の城は未だ荘厳さを保っていた。三角の角はそれぞれ円柱状になっており外観から見て五階建ての構造だろう。外壁に沿って潜入する場所を模索しながら辺りを警戒するが、どうやら付近に哨戒兵は居ないようだ。

「あの子供部屋、いや今は判らないが丸い一階のあの部屋だ。少し窓が開いている」

元帥の投げかけに頷き、先ず俺が窓枠の下に身を屈めゆっくりと室内を窺う。風でレースが揺蕩うと戦場には似つかわしくない平和を感じさせる玩具が転がっていた。

人の気配は無く、皆に頷いて見せると屈んだ俺の肩を踏み元帥が飛び込んでいく。赤毛とノラを同様に昇らせた後は、俺自身含め男なら自力でよじ登れる高さだ。

僅か十一人の少数部隊だが潜入は流石に目立つ、迅速な行動が求められる。最後にようやっと登ってきたドッチは室内に入ると何故か俺を睨むように拗ねて見せた。

「その右手の扉の先、長い廊下を抜けると応接間だ。応接間の書棚下に地下防空壕への入り口があったはずだ」

元帥は過去の記憶を手繰りながら指示を出す。一瞬目を留めた様に見えた先埃を被った愛らしい人形が横たわっていた。

俺と大将とで先頭を走り、後方をドッチたちが固める。廊下は絨毯張りのお陰で足音に気を遣う事無く進めたが、異様な静けさが緊張を募らせる。そっと応接間の扉を開き中を覗くが人気は無い様だ。応接間は後方に机が一つと背もたれの高い椅子が背をこちらに向けていた。中央にはガラス製の低いテーブルとその両脇に黒い革張りのソファー、入って来た正面に壁付の書棚が一面並んでいる。

この書棚ですか？　と元帥に目を向けると頷きそのまま書棚の中央へ歩み寄る。周囲を警戒し、もう一度部屋を見渡すと不意に椅子が回転しこちらに向き直った。

「なっ」思わず漏れた声に皆も視線を向け、物憂げな表情を浮かべながら腕組みしている男の存在に気付く。左右に分かたれた金髪から覗く鋭い眼光、頬の大きな傷と着たままで判る筋骨隆々な肉体は歴戦を物語っている。

「お嬢様、お帰りなさいませ」

「カール、お前っ、何故ここに……」

元帥の驚いた表情から男を推察するが
「帰って来られるならば、お迎えに上がりましたのに」

「知れたことを」

「……穏やかではありませんね」

ただの一兵卒で無い事は誰にでも即座に判るだろう。カールと呼ばれた男はゆっくり立ち上がると溜息を吐き、続けた。

「ヴァサゴさん。あんたの正義は、あんたの貫く正義はそれでいいんですか？」

「カール、儂と違ってお前はまだ若いじゃろう。凝り固まった古い考えは捨てろと」

「ああもう！　偽善はやめて下さいよ」

カールは声を荒げ、机を叩いた。

「偽善じゃと？　お前は悪政の中に今まで何を見てきたんじゃ」

「忠誠心は無いのですか？　本国の英雄とまで謳われ、第二騎士の座に就いた貴方が」

「カール、何を一番にすべきか。あの時、傍に居ったお前なら判るじゃろう」

「解りませんよ、未だに。ただ一つ今この場に措いて判っているのは、元第四騎士の名の下に逆賊と化した貴方を討つ事だ」

　元帥はヴァサゴ大将の前に立つと
「カール待ってくれ、私の話を、」

「お嬢様の御心は、私の乏しい頭で理解をするに至れません。しかしお嬢様を手に掛ける事も出来そうに無い。ならばせめて、」

　大将は、元帥の肩に手を乗せ優しく微笑むと
「先に行ってて下さい。老いぼれにはちとやり残しが見つかったもんで」

「ヴァサゴ、お前っ、分かった。レヂンを討ち再び合流する、遅れるな」

「了解です。ルシファー、元帥を頼んだぞ」

「……はっ」

　元聖槍十三騎士同士の争い。俺が記憶に思い起こせるのは一つしかなく凄惨な光景が蘇る。大将の微笑みはいつも力強く、皆を鼓舞し続けてきた。最後に向けられた笑顔を、最後だなんて思いたくない。

「今、ルシファーと？　成程そういう事ですか」

　中央の書棚が手前に扉の要領で開いた。現れた地下へ伸びる階段を下りながら微かに最後

カールの言葉が聞こえた。そうだ、カール・ヴォルフとは確かイーマ新編成後T・B隊の将軍を務めている筈の男の名だ。

「人の事を気に掛けている余裕は無いぞ。この先にはもうレヂンが潜んでいる。当然、警護にあたる側近たちもな」

元帥の言葉に頷き、地下通路を慎重に進む。地鳴りのような轟音が一定間隔で響きその度に照明が力無く明滅を繰り返す。地下へ降りる階段は六度も折り返しかなり深くまで降りてきた筈だが、地上の激しい様相を色濃く映し出していた。

階段から伸びた一本道の先はT字になり、左右に枝分かれしている。

この長い通路もそうだが隠れられる物陰は無い。跳弾を危惧して短銃を手に元帥を守るよう前を進む。T字に差し掛かりそっと顔を覗かせると、右手の先は突き当りが扉になっている。左手は先がL字に屈折し廊下が続いているようだ。

「元帥、どちらに行きますか?」

「子供の頃に一度来ただけでな、記憶が曖昧だが確か右は伝令機の類いがある小部屋だったかと思う」

「俺が行ってきます」

十人でこんな見通しの利く通路を進むのは非効率だ、先に小部屋から潰していこう。

「パイモンさんは念の為、背後の階段を見張っておいて下さい。ドッチたちは反対の通路を見張りながら元帥を、」

「いや俺らで左側を先行するよ」

ヴァサゴ大将の部隊、ベリアル大佐だ。正直指示し辛い。

「用心しろ」

「はっ」

元帥の一言に応え頷くと、左右に分かれ通路を一気に駆ける。撃鉄を起こし勢いよく扉を開くと驚いた様子の兵士が幸い一人。

「動くな、両手を頭の後ろにして跪け」

右手で短銃を向けたまま腰の銃を奪い部屋の隅に投げる。そのまま後頭部目掛け、思い切りグリップを振り下ろした。男は意識を失いその場に伏せる。胸ポケットから拘束時に用いる結束バンドを取り出し手足を固定した。

「殺されないだけマシだと思ってくれ」

この状況で発砲音は響かせられない、と言い訳染みた理屈を浮かべながら分岐に戻った。

「右手の小部屋はクリアです」

「よし、進むぞ」

パイモンにはジェスチャーでそのまま待機を促した。決して変な意味など無い。元帥やドッチたちと左側通路の屈折先に差し掛かった時、先から複数の発砲音。緊張が奔り慎重に顔を覗かせた。かなり長い通路が一直線に続き、分岐が有るのか無いのかもこの位置からでは判断できない。

「ドッチ、俺らで行くぞ」

先行しているベリアルさんたちの姿は確認出来ないが、会敵した事は確かだろう。トリガーに添えた指が震える。

「行くぞ」

勢いよく飛び出し通路を駆ける。右手に扉があり、そのすぐ先に右への分岐。さらに行った先にも分岐がある、かなり広いぞ。

手前の扉を左右挟む形で屈み、ドッチに目で合図する。銃を構え扉を開くと同時に中へ向けながら慎重に様子を窺う。思わず鼻と口を覆いたくなるような死臭に見舞われ、室内を見渡した後、銃を降ろす。

「ドッチ、お前は入らなくていい」

最後の晩餐、とでも言えば聞こえはいいかも知れない。乱雑に転げている酒瓶やテーブルに並べられた食器の数々、食材は固まり腐食し始めていた。広いホールになっていて、奥は踊りでもする為のスペースだろうか。無数の屍が寄り添い合い朽ちている。この場所に避難している時点で本国の貴族たちなのだろう身なりも華やかなものが多い。恐らくは最後まで本国の勝利だけを信じ自害したのでは無かろうか。

壁に描かれた文字を読み取ることは出来ないが、勝手な想像で解釈をしてしまう。室内の奥にあった扉を一応確認したが生存者はおらず、食糧備蓄庫のようだ。

「ルシファー大佐、」

「見ない方が良い。先を急ごう」

入って来たドッチの背中を押すように部屋を出て左の角から顔を覗かせる元帥に向けジェスチャーを送る。右に向き直るとすぐ右手に分岐がある。正面を見据えながら静かに覗き込むと右手の道にはまた正面に部屋があった。

二人で右手に入り、その場にドッチを留め奥の部屋を確認するが先程と同じような機械が並んだ小部屋で兵士は居ない。分岐に戻りこの位置までのクリアを後方に示した。

もと来た進行方向に戻りすぐにまた右手へ分岐。正面の通路はまだ先にかなり続いているが一先ず分岐はここが最後のようだ。慎重に覗き込むと左右に二部屋ずつ扉があり、突き当りにも同様の扉。左手前の扉は半開きになっている。

再びトリガーに指を掛け、まず半開きのこの部屋を調べてみるか。静かに息を殺し扉の横に背を付ける。勢いよく身を返し、銃口を向け室内を望むと額に風穴の空いたベリアル大佐が奥の壁にもたれてこちらを見ている。

一瞬固まってしまったが広くない室内には他に人影が無い。

扉をそっと閉め向かいの部屋を開けると
「また会ったな、遺志を継ぐ者よ」

銃は机の上、後ろ手のまま室内中央に立つ白髪の男。

「ウォルフガング・エンデ、」

足元には四人の亡骸が伏していた。ベリアル大佐と共に先行した残りの三人。もう一人は誰か判らないが黒の上下正装に身を包んでいた。

「戦場で、と言ったじゃないか。確かにここも戦場に違いないが、遅過ぎた」

落胆したように肩を落とした白髪は、二ヶ月ほど前に見た時よりも窶れ細くなったように感じる。

「遅いだと？　言っている意味が、」

後方から足音が聞こえ、振り返ると元帥が。

「爺や、……何っ、」

部屋に入って来るなり声を挙げた元帥は、唯一不明だった亡骸を見て膝から崩れ落ちた。

「お嬢様！　何故ここに？」

白髪もまた、元帥を見て驚いている。

「何故だ爺や、私には理解出来ん」

静かに息を吐き切ると、白髪は元帥に向き直り片膝をついた。

「お嬢様からまさか、この爺めが二人も肉親を奪う事になるとは」

「一体どういう事なのだ」

二人の会話に耳を傾け、そっと銃を降ろす。

「勝手ながら私は、ティラワと同い年の貴女も自分の娘のように思っておりました」

白髪は父の顔になり、続ける。

「貴女から奪ってばかりの爺でしたが、最後にもう一度お会いできるとは」

「説明になっていないぞ！」

　語気を強める元帥に、諭すよう笑みを浮かべ
「戦場の誰しもに正義が在ります。己が貫く信念に正誤は無く、ただ在るのは続くと信じたその先に描く未来への願いだけなんです」

「爺や、一体何を言って、」

「裏切る事は許されない私は貴女の父を信じたのだから。敗北を認めなかったが為に戦争は長引き、多くの国民が犠牲となりました。我々が紡げなかった未来をせめてもの願いを込めて託したい」

　真剣な眼差しは誰しもに口を挟む余地を与えなかった。

「イーライ、爺やから最後の助言です。伝令室から降伏を宣言なさい、血族の貴女にならそれが出来る。さあ急いで、幾らかの命を救う事は出来るかもしれない」

「爺や、……」

　元帥含め皆を部屋から追い出すと白髪は
「この命、最後まで誰かに奪われることは許されないのだ。君たちが紡ぐ未来に」

　安堵した笑みを浮かべながら扉が閉まり、やがて一発の銃声が響いた。

「行こう、終戦を告げに」

　元帥は振り返ることなく駆け出した。

【私はイーライ・シュトラール、イーマ大国レヂン・シュトラールの嫡子である。現時刻を以て北部連合及び千里馬の共同声明を全面的に受諾する。総統であるレヂンは既に死亡した。我がイーマは両国に降伏する。戦争を止めていただきたい。繰り返す、】

国内放送及び全世界に向け発信された元帥の降伏宣言。こうして隣で聞いていると自分の国では無い、とも言いきれない微妙な立ち位置だが、降伏という言葉に僅かな悔しさを感じてしまうのは何故だろうか。

思いもよらない形であっけなく幕は下り、レヂン戦役は終わった。何度も繰り返される降伏という言葉が何だか辛くなり、兵士の手足の拘束を解いて共に伝令室を出る。

すると酔っぱらいの千鳥足で手を挙げる、嬉しい顔がそこにあった。

「ヴァサゴ大将、無事で良かった！」

思わず駆け寄るが見た目のわりに出血などは特に無く、流石は第二騎士ヴァサゴ。イーマの英雄と謳われただけの事はあるのだろう。

「老体には堪える、あの階段で膝が」

「そっちですか」

階段を上がり応接間に再び戻ってくると、室内はまるで竜巻が発生したのかと思う程に荒れていたが、机の上でカールさんが電気のコードを使ってぐるぐる巻きつけられているのを見て何だかホッとする。

「かなり派手にやりましたね」

徐に振り返り大将を窺うと、両膝に手を付き
「はぁあぁ、儂はもう……駄目じゃ、」

生き永らえた英雄は、昇りの階段に殺されかけていた。

「情けないぞ、我が師よ」

微笑みながら元帥が大将の肩を叩くと、ようやく皆の表情が緩む。

ヴェヴェルス城の構造上、入って来た子供部屋へと一度戻り、もう一つの扉から正面の入り口を目指す。改めて見渡す室内からは、一面に緑が溢れ幼少期をここで過ごしたのであろう兄弟の姿を想像してしまう。

ふと元帥に目を向けると、回顧の念を催させるのだろう、横たわるあの愛らしい人形を手に取り棚へ座らせた。

反対側の扉を開くと幅の広い廊下になっており、左手中腹に大きな扉が見える。あれが正面玄関だろう。廊下に等間隔で多く採られた採光は、溢れていた幸福な時を感じさせる。窓を望むと似つかわしくない鋼の羽音が聞こえてきた。お迎えかな。玄関から外に出るとＡＦＯの兵士であろうグレーの迷彩を身に纏った四、五十人程の男たちが両脇に隊列を成し、正面に待機する輸送機と上空には四機の戦闘ヘリ。

「豪勢なお出迎えだな」

元帥の感想に皆笑みを零した。

隊列の間を通って進むと、ハッチが開き一人の男が輸送機から降りてきた。出撃の際に案内をしてくれた咀嚼音の男だ。

男が右手を挙げると左右に成していた隊列が通って来た道を塞ぎ包囲されるような形となった。不穏な空気が漂い緊張が奔る。

「イーライ・シュトラール。悪逆非道、最悪の血を受け継ぐ者よ。貴様をA級並びにBC級戦犯者として極刑に処す。捕えろ」

「何じゃと、貴様っ、」

挙措を失い呆けた俺は、ただ愕然と元帥の横顔を眺めていた。

元帥の表情に驚きの色は無くただ真っ直ぐに言い渡した男を見据え続けている。

「ほう。潔いな」

男は嘲笑う様に見下しながら取り押さえられた元帥に吐き捨てた。

「この血を絶やす事で戦争が終わるならばいい。解せんのは何処までが仕組まれていたのかだ」

「元帥、貴女はこうなる事を知ってて、」

俺自身も拘束され、乱暴に伏させられると、後ろ手に縛られた。

「初めからだ。イーマの打倒に措いてのみ協力すると代表から言われなかったか？」

「そんな揚げ足を取るような真似で、」

暴れる俺の頭を踏みつけ男は続ける。

「今回の作戦はそりゃあもう真っ先に志願した。貴様たちを送還中に誤って殺してしまえることの役割を」

「……貴様には私怨があるようだな」

縛られたまま強引に立ち上がらされた元帥。真っ直ぐ男に向き直ると問いかけた。

「年の離れた妹がある島に長く潜入していてな。数年前に殺されたと連絡があった」

「すまんが殺した兵士は星の数程いる」

地面に擦りつけられた頭に一人の女性が浮かんだ。

「ヴィクトリア・ウィルソン。島では何と名乗っていたか知らんがお前の部隊に所属していた事は判っている」

「そうか。確かに私が殺した」

違う、中佐を殺したのは俺だ。

「元帥、殺したのは自分です、貴女は手を汚しては、」

「餓鬼は黙れ！」

男に顔面を思い切り蹴飛ばされ激痛が奔る。元帥の眼前に迫ると腹部を二度殴打し倒れかけるのを脇の兵士たちが居直す。

「貴様らっ、ええ加減にせい！」

同じく拘束されていた大将だったが腕を後ろ手に縛られたまま強引に立ち上がると脇を固めていた兵士たちを蹴飛ばし元帥の下へ駆け寄ろうとする。男が見かねた様子で顎を向けると辺りの兵士が斉射した。

「大将っ！」

「……また儂は、守れんのか、」

自分の声が脳内に木霊する。眼前の光景がスローに流れていた。二歩、三歩と血反吐を吐きながらも前進し、やがて我らの英雄は膝から崩れ落ちた。

「ヴァサゴっ！　おのれ貴様ら」

後方で拘束されたまま、泣きじゃくる赤毛たちの声。地に伏せたまま兵士たちに踏まれ蹴られて徐々に半分の視界は狭まっていったが、薄れゆく景色の中で殴打され続ける元帥の姿の方が余程胸を抉られる痛みだった。


鉄の味に目覚め辺りを見渡す。薄暗く鈍い色の格子に囲われた部屋だった。身体中から痛みの信号が発せられようやく立ち上がる。

向かいの格子の中に眼を向けると、そこには壁にもたれる下着姿の女。視える限りの肌は痣に覆われ、乱れた髪で俯いている。

「すまないが、お前には見られたくない」

声と現実が結びつくことを否定する。

「まさか、元帥ですか？」

切れた口内から血飛沫が飛ぶも衝撃で全身の痛みが吹き飛んだ。

「慰み者にされ、この命が間も無く処されると言うのに。負の連鎖を止める事など出来なかった。愚かだな、私は」

絶望に身を包み消え入りそうなその声に、返答出来得る言葉など持ち合わせている筈が無く崩れる様に格子の前で座り込む。微かに聞こえる啜り泣く声で近くに皆幽閉されている事は判った。

何故だ、何故戦争を止める為に動いた元帥が。平和の為に心を鬼にして臨んだ元帥がこんな目に合わなければならないのか。込み上げる口惜しさが溢れ出し、冷たい石張りの床を湿らせる。

沈黙を破れる者は無く、窓が無いこの空間では時間を知る由も無い。

際限無く体温を奪う石張りの上で、それでも腹は空くらしい。貴女は決して間違ってなんかいない。喉元まで出掛けたが口は開かず、元帥を見る事も出来なかった。作戦は成功した筈なのに、戦争はもう終わりの筈なのに。

ヴァサゴ大将は目の前で殺され、このままでは元帥さえも。想い描いていた平和な未来、そこで貴女は絶対に生きていて欲しい。どうすればいい、考えろ、考えるんだ。

息遣いが聴こえてくる沈黙の中、壁にもたれ耳だけが研ぎ澄まされていく。意識はやがて一定の間隔で見回りに来る兵士の同じ足音を捉えた。

これで三度目のまた同じ足音、哨戒兵は一人。近くに他の兵士が居る様子は無く聞こえていた建物全体の電子音も今は静まり返っている。恐らく夜になったのだろう。

四度目の見回りを見計らい、俺は狂ったように奇声を挙げ続け、床を転げ回った。

「何なんだよ、うるせぇ」

慌てて駆けて来た兵士が声を荒らげるが俺は構わず叫び続け、やがて苦しむように嗚咽を繰り返した。赤毛たちの心配そうな声も掻き消すよう苦しんで観せ続けた。

「面倒臭えな、いい加減に黙れよ！」

語気が強まり憤る兵士。すると格子が開き中へと入り近づいて来る。一人だ。寝転んだ姿勢から脚を払い転倒した所を、すぐに上体を起こし飛び掛かる。全身を使って絡まる様に全力で締め上げた。

鈍い音が暗闇に響き、兵士は泡を吹いて倒れる。腰に付いた鍵の束と持っていた短銃を奪うと、開け放たれた格子から左右を確認し向かいの錠から順に開けていった。

「大佐ぁ、」

「静かに。もう少しの辛抱だ」

泣き腫らした顔で赤毛が駆け寄って来た。後方を確認すると元帥がまだ出て来ない。銃をドッチに託し、前方の確認を促しながら元帥の格子の前へ戻ると初めて視認した時と同じ体制のまま俯いている。躊躇っている時間は無い、そっと格子を開いて歩み寄り
「元帥、逃げましょう」

応答は無い。止む無く肌に触れると氷のように冷たくなっていた。動悸を抑え脈を取ると微

かに感じる事が出来る程度だがまだ生きてる。上着は剥がれてしまったが、せめてもとワイシャツを脱ぎ元帥を包むようにして抱え上げた。

俺自身冷え切っていたと思ったが、それでもここまで冷たいと感じる肌と見るも無残な姿に下唇を噛みしめながら走った。

先頭のドッチが視界に戻って来ると

「前室、クリアです」

共に過ごしてまだ数ヶ月だが、これ程成長を感じる機会は無かった。誇らしく思う。

気絶している兵士を横目に、どうやら番をしていたのは二人だけのようで幾らか胸を撫で下ろした。

幽閉されていた場所から二つ頑丈な扉を過ぎ、外へと繋がる両開きの出入り口が見えてきた。扉に付いた小窓越しから表を望むと見覚えのある大きな格納庫。ここがエリアCだと判明する。

恥じらいながらもワイシャツを脱いでくれたドッチの分と合わせ二重に元帥を包むと、暗闇に吹き荒ぶ白を疾走した。無我夢中で管制塔や格納庫から反対に走り出し、四肢の感覚を失い始めたころ裸足であることに気付く。皆このままでは凍死してしまう。

右手に見えてきた市街地へ迷わず駆け、数件を物色した後、端にある古い平屋に狙いを定めた。

元帥をドッチに抱えてもらい代わりに短銃を手に取ると、静かにドアノブを回す。奇跡的に施錠されていない家屋へ侵入し、銃口を向けながら闇の中を探る。聞こえてきた寝息の先にはベッドに老父が一人。椅子の背もたれに掛けてあったタオルを手に取り右手でソレを老父の口にあて押さえる。上体へ跨り左手で銃口を眼前に向けると目を覚ました老父が暴れ出した。

「静かにしろ、騒ぐと殺すぞ」

タオル越しに喚き暴れ続ける老父。

「畜生っ、頼む静かにしてくれ」

涙目で訴えながら尚も止まない老人に対し、至った決断は肯定出来るものでは無かったが衝動的に銃を手放すと左手で絞殺した。

何か自身の大切な感情が壊れていく喪失感を感じながら、外で凍えている四人を部屋に入れる。

「良かった。住民の方は?」

心底安堵した表情を浮かべる赤毛に、即答する事が出来なかったがベッドの方に進んだドッチが老父に気付くと

「仕方なく、殺した」

誰の言葉も続かなかった。扉を閉め鍵を掛けて最低限の灯りを探すと卓上に小さなランタンを見つけ、脇にあったマッチで火を灯す。その後無言のまま遺体を抱え、クローゼットの中で横向きに座らせるようにして視界から除外する。

俺が指した空のベッドの前で一瞬躊躇していたドッチだったが、元帥を寝かせると布団を掛

け自分の目を拭うようにして言った。

「大佐、大丈夫ですよ。仕方が無かったんです」

「そうですよ、大佐は悪く無い」

ドッチの言葉に赤毛も発し、ノラも頷いてくれている。

「皆すまないな、ありがとう」


服を確保する為にもう一度クローゼットを開いたが目線を落とす事はしなかった。暖かそうなコートが二着、人数分足らないが取り出すと戸を閉め、再び開く事はもう無かった。

室内を見渡し三段の箪笥を漁ると今よりかマシな服装にはなれそうだ。皆に配り上から羽織る様に着る。俺以外は皆サイズの問題は無いようで何より。

今回ばかりは自分自身のガタイを呪う他に手段は無いな、辛うじてボタンを外したままでなら着れるシャツが一枚のみ。せめてもの救いはドッチとノラが充分に厚着できるだけセーターがあった事。これでコート二着は元帥と赤毛に渡しても問題ないだろう。

自分の服は諦め、次に食料を漁りながら時刻を確認すると深夜三時。やっと落ち着きを取り戻してきた皆には申し訳ないが、今が仮初《かりそめ》のひと時であるのは明白だった。明るくなる前に行動を起こさなければ、完全に包囲され逃げる事はもう叶わないだろう。次に捕まれば間違い無く全員殺される。

束の間の安息で乾麺を口いっぱいに頬張りながら緩んだ表情の皆を順に眺め、現実を心の中で睨みつけた。元帥は暫く目覚めそうに無いが起きた時に俺は一体何と声を掛ければいいのだろうか。

何に対しても解答を得ないまま、迫る朝日に焦る胸中を悟られてはいけない。せめて今このひと時だけでも心を休めて欲しい。

ふと一人足りない事に今更ながら気が付いた。

「あれ、パイモンさんは？」

一様に忘れていた事は皆の目を見て判る。

「あれぇ、でも私たちが捕まった時、考えてみればあの場にいませんでしたね」

ドッチの言葉に思い返してみると確かにそうだ、ヴェヴェルス城を出る時、既にパイモンは居なかった。置いてきてしまったのだろうと簡単に結論付け、それ以上の思考を止める。切迫した今を切り抜けるのが先決だ。

差し当たっての飢えと寒さは凌げたが残る課題は島から脱出する手段だ。格納庫に忍び込み機体を奪取しなくてはならない訳だが、無事に潜入出来ても授業の形式的な操縦訓練を受けた程度の面々で果たして最新鋭の機体を動かせるのだろうか。

いや確かV—22があった。教本で得た知識程度だがあれならば俺でも動かす位は何とかなる。それ以外は無事に脱出してから考えればいい事だろう。

行動の指針が決まれば善は急げ、皆と方針を共有し作戦内容を告げ支度する。室内をもう一度漁るが銃など武器として使える類いは無いようだ。

何も持たないよりかはマシだと台所脇に置かれた小型のケースに目を落とし何故か豊富に揃っている包丁を物色する。小さいが鞘付きのものを二本手に取ると一本ずつ赤毛とノラに託した。鞘にはブランド名だろうか、【エリクソン】と刻印が刻まれ何とか読み取る事が出来た。

俺が短銃を持ち先行し、ドッチが元帥を抱え、その後ろを二人が固める。これが今出来得る最大限の武装だ、心許ないが致し方無い。

玄関を開けるとまだ暗い闇に凍てつく風が頬を刺す。暖めた身体から急激に体温が奪われる中、俺たちは再び走り出した。

降り頻る共犯者が折角掻き消してくれた足跡を付け直すが、唯一の靴を履く事が出来たドッチ以外は皆裸足のまま、指先から感覚が早くも失われていく。格納庫の外壁を背にし幽閉されていた建物の入り口を望むと、半開きの扉は白を積もらせている。

どうやらまだバレてはいない、一旦の安堵を拭い去り格納庫の正面を進む。辺毎に安全を確認し後方へ合図を送るが五人という人数も一人を抱えている様も、この上なく目立ってしまう。

気は急くが急がば回れと亡き英雄の言葉を反芻し、閉ざされた格納庫脇の分厚い扉横に皆を待機させ単身で管制塔側から潜入する。

管制塔は二階部分が格納庫と繋がっており遠回りだが確実に音を立てず中に侵入する事が出来る。万が一俺が捕まればこの場で待機する皆にも先は無い。絶対にやり遂げる。

管制塔の一階部分は入って右側すぐに守衛室があり、最初の関門だ。窓越しに顔を覗かせ室内を窺うと男が脚を机に乗せ、顔には雑誌を被って椅子で眠っているようだ。男の後方には大きなモニターが幾つもの監視カメラの映像を映している。

正面入り口からそっと侵入し守衛室の扉を開く、中からも同じ光景のままだった。寝息を確認しながら椅子の背後に屈んで移動し右腕を首に回すと一気に締め上げる。数秒の間、脚をバタつかせた為、漏れた音の影響が無いか周囲を深く観察。入り口脇のキーボックスから格納庫と記載された鍵を見つけた時は小さく拳を握り頬が緩んだ。

偽装した遺体から寝息は立たないが眠って居る様にしか見えない。室内を見渡しライフル二丁とロングコートを拝借し皆の下へ。

中から開かれると待機していた彼らは俺を見るなり困惑していたが、口角を上げ鍵を見せると凍えながらも安堵し笑みを零す。

視野を遮る物が無い格納庫前にて、慎重に鍵を開き中に侵入すると電気は点いたままだが人気は無い。都合良く手前に停められているV―22を目にし、追い風を感じずにはいられなかった。

元帥を赤毛の膝枕で機内に寝かせノラが見守る、俺は操縦席に移動し機械と睨み合う中ハッチを開けたままドッチがシャッターのボタンを押した。

シャッターは轟音を伴いながら開いてゆくがエンジンが掛からない。後方ではドッチも搭乗し準備は出来たのだ、なのにエンジンが掛からない。焦りは機内に広がり慌ただしくアレコレと試みる最中、開いたハッチの先で

「何してる！　誰だ！」

管制塔側から複数の兵士が鉄の階段を駆け下りて来る。急ぎハッチを閉めるが、この機体を動かせなければ状況は変えられず全てが水の泡だ。その場に居た誰もが絶望しかけたその時起き上がって来た元帥が震える俺の手を掴んだ。

「状況は何となくだが察した、代わろう」

操縦席の外から兵士が開けろと窓を叩く。何もかもを諦めかけた瞬間だったが、閉められかけたシャッターも動き出した機体の進行を遮るには及ばず、俺たちは明け始めた空へ飛び出した。

歓喜に沸く機内、元帥の横顔からも緩んだ頬が見て取れた。

「喜ぶにはまだ早いぞ。ここから何とか逃げ延びなければな。とは言え皆良くやってくれた」

「いえ結局元帥が居てくれなかったら、あの場で皆捕まってました」

格好をつけ切れない歯痒さがあったが今は何より嬉しかった。こうしてもう一度、元帥と普通に会話出来る事が。

「誉れはもう一つ、このV—22を選んだ采配だな。格納庫にあった他の機体では決して追いつけないだろう」

褒められる事でこんなにも照れる自分が居るとは。止まらないニヤけを下を向いて制し
「ありがとうございます」

やはり貴女は人の上に立つべき方だと確信した。

当然ながら今まで元帥が操縦する所なんて見た事も無かったが、平然とやってのける様に感服する。

後姿を眺めながら溜息が零れた時、自分の今の感情に気付かされた。しかしそんな失言は出来る筈も無い、関係性を壊しかねないこの感情は違う。俺は貴女に心から忠誠を誓います。

「何を見ているんだ?」

「いえ、すみません。流石だな、と」

今のままで充分幸せじゃないか。

「しかし進路はどうしたものかな、やがて燃料も尽きる」

「そうですね。鬼ヶ島の正規軍は皆何処に居るんでしょうか?」

今はたったの五人だが、合流さえ出来れば元帥を旗本に動き出せる筈だ。

「どうだろうな、私が得られた情報も限りがある」

捕縛されて以降、元帥が苦痛を強いられながらも得た情報を話してくれた。AFOには三つの目的があったという事実。

一つは元帥自身を含めての事であったが、イーマの打倒であり領土の占領、及び資源の確保だ。

もう一つが世界の基軸となっている預言書に拠る所の【花嫁】とされるブレンダを有する事。

最後の一つが俺たちの鬼ヶ島を戦争兵器として奪取する事だった。宗教的な事は解らないし鬼ヶ島は確かに、その性能を鑑みれば当然誰もが欲しがる程の強力な兵器に成り得るかもしれない。だけどあの島は俺たちにとって我が家なんだ。

「ブレンダを想うルシファーには辛い内容だったな。すまん」

「いえ元帥、あんな奴別にどうでもいい、と言うか信仰の対象ならば一先ずの安全は保証されている訳でしょうし、もちろん仲間としての心配はありますけど、」

自分自身の気持ちが良く判らない。最後に見た鬼女は口も利かずただ俺を無視し続けた。それにどんな意味があったのか、考える事を放棄した俺には知る由も無かった。

ＡＦＯの狙いの一つがブレンダだったという事はつまり、龍の裏切りを色濃くし機内の空気も重たくなっていく。

鬼ヶ島はレギン戦役が開始された頃にすぐ占領され、ＡＦＯの手中に落ちたと伝えられたが果たして子供たちや先生は無事だろうか。留守番をカイザーに任せ戦線に全兵力を注いだのが仇となった。

「流石に子供たちへは手を出さんだろう。ティラワもああ見えて科学者だ、奴らの目的である所の細菌兵器がある限り、下手に殺される事は無いと信じたい」

どうあれ奴らは目的の内、既に二つを成し遂げている。真っ向からでは太刀打ち出来る筈も無い軍事力を有し、逃げる他に今選べる選択肢があるだろうか。いずれは逃げる事もままならなくなるだろう。

「鬼ヶ島に乗り込む訳にもいきませんし……」

「そうだな。このまま距離を飛行するのも得策では無い、鬼ヶ島のようにステルス性能が有る訳でも無いしな。……よし」

元帥は思い付いたように頷くと、進路を変え高度を下げた。

「目的地、決まったんですか？」

「ああ。私には元より候補など一つしか無かったな」

元帥は口角を上げ俺を一瞥すると続ける。

「ブラック・キャメロット城、聖槍騎士団の本拠地だった場所だ」

「イーマ領地に戻るんですか？」

「そうだ。他に選択肢は無い。あの場所にならら有志が集ってくれている可能性も在る」

不敵に笑う元帥はもう一度俺を見ると
「あの頃は【お子様は駄目です】と爺やによく怒られたがな、今は許されるだろう」

明るい口振りだったが何処か、哀愁を漂わせていた。


高速飛行を続けていたV―22を追随する機影は無く、次第に速度が緩やかになった。

「もう着いたんですか？」

元帥の顔には疲労が滲み出ていた。変わってあげられない未熟さを噛みしめる。

「そろそろだが、アビオニクスの操作もここまでだ」

恐らく操縦席周辺の電子機器の事を指しているのだろうが
「ここまでと言うと？」

「着陸は知らんのだ」

元帥は爽やかに言い切った。

「は？」言葉と言うより口から音が漏れた感覚だが。

「墜落するぞ、皆構えろ」

本来気が気で無い台詞だが何処か楽しそうに言う元帥のお陰か、それ程動じずには済んでいる。脇にある冊子を手早く捲り
「元帥、ここに。オートローテーションとあります。着陸作法だそうです」

下唇を噛みながら難しそうな顔の元帥はまるで童女の様にも思え、こんな状況だが俺まで楽しいとさえ感じてきた。

「よし、多分こうだ」

「多分？」

「エンジンが止まったがいいのか？」

「知りませんよ！」

「お手上げだ」

「元帥！」

「皆何かに掴まれ」

「ぐわっ！」

視えていた森の中の大きな城を遥かに通り過ぎ、木々を薙ぎ倒しながら地面に胴体を滑らせ

るようにして着地。首がおかしくなる程上下左右に振られたが何とか機体は無事に止まり、生き永らえたようだった。

「おっ、皆生きているな」

奇跡的な着陸を経て尚も楽しそうな元帥に、活発だったであろう幼少期の一端を垣間見た気がする。

「こんな着陸の仕方、奇跡ですからね？　皆生きてるのが」

肩の荷が下りたのだろうか。声を挙げて笑う元帥の屈託のない笑顔に皆も笑った。

「随分離れましたね」

距離にして2キロ位だろうが、この山道だ。目的地の城は彼方に聳え立っている。機体の轍に目を向けると、巨大な化け物が通ったのかと思う程、強引に薙ぎ倒された木々たちが折れ重なり、恨めしく訴えかけてくるようだ。

「まあ何だ、機体を森に隠せて丁度良かったじゃぁ無いか」

元帥は一度手を叩き実に前向きな意見を皆に伝える。何か吹っ切れた様子で声には張りがあり、まるでヴァサゴ大将に鼓舞されているような気がするのは何故だろうか。

切り立った山肌の上に聳え立つ古城。長年鬼ヶ島で感じてきた黒い圧迫感にも似た荘厳な圧を目の当たりにする。

言い知れない空気に包まれた一帯は、静かに時を刻み続け騎士の帰りを待ち続けているのだろう。

陽が真上に昇る頃、ようやく正面に辿り着いた。寒さに飢え、傷の痛みと極めつけの山登りに皆、満身創痍だった。正面の重厚な扉を開き中に入る頃には元帥を抱える俺と辛うじてノラを支えるドッチがフラつく足元を一歩ずつ進む。

普段は元気の塊のような赤毛も、この時ばかりは疲弊しているようで口数は少なく俯きながら後ろを付いて来る。体力の限界を越えていた皆は玄関に入るなり床に倒れ込み、そのまま睡魔に誘われていった。


快適な質感に思わず寝返りをうつ。目を開けると絨毯張りの広い室内に暖かな紅茶の香りが溢れていた。皮膚を包む柔らかな布は今までに感じたことの無い至極の生地で出来ているのか目覚めても尚、起き上がる事を躊躇わせる。

聞き覚えのある声に目線を送ると、反射的に上体を起こした。

「気が付いたかな？」

「デュナミス大将っ」

「君がイーライ様を取り戻してくれたこと、心から感謝する」

「いえ、大将に合流出来て良かったです。あの、皆は？」

「皆まだ眠っているよ、赤毛の女の子以外はね」

「えと、ちなみに赤毛は何を？」

「探索と言って、城中を駆け回っているよ」

あいつはもう復活したのか、恐るべき体力だ。

「はあ、何かすみません」

苦笑いを浮かべる大将だったが、優しそうな方で良かった。何しろ今までに一度も会話したことが無かった。無口で落ち着いた雰囲気からか、お陰で心が和んだ気がする。

大将に案内され噂の円卓を望む。荘厳な雰囲気の中に佇む威厳の象徴は所有者を失った今でもオーラを発し健在。安易に座る事など憚られる。

「まあ座ってくれ」

デュナミス大将は軽々しく言うが
「いえ、自分はこのままで大丈夫です」

次第に円卓に集まる同士の面々。捨てかけてしまっていた希望は、煌々と燈る。デュナミス大将に加え、ヴェヴェルス城で出逢ったカール・ヴォルフ。ＡＦＯの潜入兵である筈の紫伝中将とアーク中将、それにパイモンまで。

「パイモンさん、貴方今まで何処に？」

「あ、すいません。ヴェヴェルス城三階の書庫に私が書いた書籍を取りに行っていたのですが上から拘束される皆さんが見え、慌てて大将たちへ連絡したのです」

ではこの再会はパイモンのお陰だったのか。

「そうでしたか。ありがとう」

ふと鼻先に芳ばしい香りが。匂いの元を辿る様、目線を這わせるとアーク中将と見知らぬ細身の男が台車で料理を運んできた。言葉よりも先に胃が騒ぎ立てると、聞こえた上官たちに笑われてしまった。

「お待たせしました、フルコースをどうぞ」

「アーク中将、凄いですね料理も出来るのですか？」

エプロンを腰に巻いた中将はむしろ、操舵席に居る時より生き生きとして見える。

「父親が長く料理人をしていてね。マーク・エリクソンと言ったら世界的にも名の知れた料理人だったんだよ」

聞いた事のあるような無いような、しかし料理人など知る訳が無い。銀色の蓋を外すと広い部屋中が香りに包まれ、何処からともなく赤毛が走って来た。

「うわー、美味しそう！」

「どんだけ元気なんだよ」

微笑ましく笑みを零す。元帥たちを起こして来なきゃ。

「あの、そちらの方は？」

「申し遅れました、アルフレート・ヴィスリセニィと申します。聖槍騎士団で第十騎士を拝命しておりました」

おお、強力な助っ人が舞い降りた。

「初めまして、ルシファーと申します。以後宜しくお願い致します」

団欒の中、起きて来た元帥を囲み晩餐が開かれた。和んだ雰囲気でやっと円卓に腰を下ろし初めて味わう至福の料理に満たされる。

絶望に伏しながらも奇跡的に掴み取った幸運の夜。想い描く平和を実現させる為、この先に待ち受ける現実へと立ち向かわなければならない。

避けようにも元帥は戦犯者として国際指名手配を受けてしまったそうだ。しかし今、この円卓で笑い合う皆の笑顔が答えじゃ無いか。この先も、共に笑って生きていきたい。イーライ元帥なら必ず、平和な国を造ってくれると信じています。

一層熱を帯びた忠誠を胸に秘め、新たなる幕開けの晩餐にそう誓ったのだ。

―第六章　完

鬼ヶ島戦記 外伝 第一部 血族の呪詛

各個有する一小隊が一個大隊に匹敵すると云われ、イーマ大国武力政権の核を担う精鋭たち。強大な力を持つこの騎士団に名を列ねる事は、国内に措いて強大なステータスであり一族の誉。若き有志たちが目指すべき憧れの象徴となっていた。

ヴァルマイ共和国主相フィリップ・エーベルトの掲げる共和主義に反意を唱え、これを裏で暗殺し強引に政権を握った男。現イーマ大国総統レヂン・シュトラール。

レヂンを旗本に武力政権を中核とすべく暗躍した七大名家にその名を列ねるヴィリグート家の主、ロード・マリア・ヴィリグート。

レヂン内閣発足後先ず行ったのが武力政権を象徴する最強の騎士団、聖槍十三騎士団の創設だった。創設にあたって当初は国内外に強い影響力を持った七大名家の主たちが集う七つの騎士であったが、ロード家と所縁が深く起案に至った聖槍の管理者名家主ユリウス・テレジアからの助言により、円卓の騎士に倣ってその数を十三とする。

円卓同様に騎士たちが各個信念を掲げ、信念に準ずる時にのみ承諾する。一つの議題を決議足らしめるには過半数である七つの承諾が得られなければならない。

また騎士団全兵力を用いる事、つまりエクスカリバーも発動出来ない。エクスカリバーに置き換えられる程に当時騎士団の軍事力は凄まじく、内閣発足後僅か数年の内に領地を十倍にまで拡大したイーマ大国を、世界最強と言わしめたのが他ならぬ騎士団の持つ軍事力だった。

全兵力を用いる事は国の軍事力全てと同義であり、世界大戦を引き起こす圧倒的な虐殺に他ならない。故に力を制御し然るべきかの判断を行う為、新たに設けられた議決方法がエクスカリバー承認制度である。


名を列ねた時点で国から最新鋭の軍事力をそれぞれ授かるが、いつしか騎士の選出方法を経て国民の要望は積もり騎士自身の武力が図られるようになると序列が決まり始める。

創設者であるロードを隊長に据え、同じく創設に携わった名家が一人。ヨーゼフ・ハイドリヒが第一騎士。以降の序列を個人の武力によって取り決める事で隔てなく武力政権を象徴とした国の本懐を成そうとしたのだ。

しかし国内の財源でもある他の名家たちは当然猛反発、名家に措いては是に非ずと改めざるを得なかった。

国民の反発と有権者たちとの鬩ぎ合いに、総統は力有る勝者が正しいと述べるに留め、覇権争いは激化。国内は成り上がりを夢見る若者たちで溢れ、治安など無いにも等しい。だがだからこそ武を極める騎士団が完成した今に至り、これこそが総統の目論んだ完全実力主義社会の完成形なのだ。

国の軍事力たる騎士団の小隊を有するに足る者か三年に一度、下座第十二騎士に挑める祭典武闘会が開催される。

参加条件は国民である事、強者である事、以上の二つのみ。銃火器の使用以外は全てが認められ相手を死に至らしめるまで続く。

武闘会は国民性を狂暴化させ、潜む共和主義者の大量虐殺を助長した。次に制定されたのが昇格戦。年に一度騎士団内の序列を上げる為、格下の騎士から一つ格上の騎士に挑む権利が与えられたのだ。

だが騎士同士では何故か敗北を宣言する事が許され、死に至る激戦は滅多に繰り広げられる事が無い。言わば名家の血筋を絶やすまいとする保守的な制度であり立志伝中の六家とは溝をより深める結果となってしまう。

他国を圧倒する軍事国家の基軸は無秩序で構成され、暴力が蔓延る強き者たちだけの世界。弱者は一方的に蹂躙され擁護する声は挙がらない。こんな世界に疑念を抱き果敢にも異を唱えたのは、驚く事に血族からだった。

「じいや、なぜたたかうのだ?」

「坊ちゃま、強さこそ総統が求める正義だからです」

「つよくないものは、どうすればいいのだ?」

無垢な瞳で小さな反意を唱えたルシフェル。総統の息子でありながら常に平和的な考えを持

聖槍十三騎士団(旧)

			〈信念〉
隊長	ロード・マリア・ヴィリグード	53歳	威光
第1騎士	ヨーゼフ・ハイドリヒ	47歳	安穏
第2騎士	ヴァサゴ・メイアー	46歳	守護
第3騎士	ジーモン・フリッチ	34歳	美徳
第4騎士	エッカルト・ランツ	25歳 (父 アーロン・L)	栄誉
第5騎士	ウォルフガング・エンデ	40歳	忠義
第6騎士	ハインリッヒ・フェーゲライン	27歳 (父 クルト・F)	信条
第7騎士	ガミジン・ヒムラー	45歳	教義
第8騎士	ディーター・ローゼンベルク	32歳 (父 レーヴェ・R)	隆盛
第9騎士	レーベン・バウアー	40歳	幸福
第10騎士	ラインハルト・ニューマン	29歳	繁栄
第11騎士	ルドルフ・パリッチ	27歳	偉勲
第12騎士	デュミナス・クルーゼ	33歳	勝利

聖槍十三騎士団

			＜信念＞
隊長	ウォルフガング・エンデ	45歳	忠義
第1騎士	ヨーゼフ・ハイドリヒ	52歳	安穏
第2騎士	ヴァサゴ・メイアー	51歳	守護
第3騎士	レイ・マリア・ヴィリグード	17歳	威光
第4騎士	カール・ヴォルフ	32歳	正義
第5騎士	エッカルト・ランツ	30歳	栄誉
第6騎士	ハインリッヒ・フェーゲライン	32歳	信条
第7騎士	デュミナス・クルーゼ	38歳	勝利
第8騎士	ルドルフ・パリッチ	32歳	偉勲
第9騎士	カイン・ウェイバー	26歳	享楽
第10騎士	アルフレート・ヴィスリセンイ	26歳	後世
第11騎士	ディーター・ローゼンベルク	37歳	隆盛
第12騎士	ガミジン・ヒムラー	50歳	教義

ち、取巻きたちを困らせ続けた。呑み込みが早く勤勉で恵まれた体躯。文武両道の聖童であったが唯一、武力政権だけは頑として受け入れなかった。三つ下の妹と動物をこよなく愛し、幼き頃から平和だけを訴え続けている。

総統は我が子に興味は無く会う事はまず無い。側近である聖槍騎士や執事たちが面倒を見ていたが年を重ねる毎にルシフェルの反意は増すばかり。

ある日警護の当番が周って来たヒムラーは総統暗殺を企ていると知る。騎士の中には我が子の様に可愛がる者も居る為、やがて歩調が乱れる事を危惧し総統に告発したのだ。

側近たちが二十年間隠し続けていた息子の反意を、初めて知った総統は激怒し直ちにルシフェルの抹殺を命じた。

予期していた事が現実となり子の無いヴァサゴは悲嘆し、我が子の様に愛したエンデは愕然とする。特にエンデは自身の子と総統の息女が同い年という事もあり当番で無い日もヴェヴェルス城に赴いては世話を焼いていた。爺やと呼ばれルシフェルや妹のイーライが心を許した数少ない騎士の一人だった。

「此度の議題は正誤を問うものでは無い。既に総統は命じられた、後は誰が行うかだ」

ロードの問いに口を開いたのは、密に告発をしたヒムラーだ。

「信念を踏まえて鑑みれば、自ずと適任者が居られるのでは？」

恭しく語るこの男も七大名家の一つ。当人の武力こそ他に劣るが立案に優れ戦場では類い稀なる指揮を執り、兵器を最大限に活用する事から特に議会では発言力があった。

「こんな議題と信念じゃと？　何じゃい、もっと噛み砕いて言わんかい」

　第一騎士ヨーゼフ・ハイドリヒ。名家の中でも元々、武を重んじる槍の名手だ。道場の後輩であるヴァサゴと志を共にするが名家の出ではないヴァサゴを贔屓で迎え入れたのではないかと在らぬ言い掛かりを付けられヒムラーと険悪になっている。

「英雄ハイドリヒ家が主とも御方が、解り得ぬとは」

「何じゃと？」

　二人に割って入るのは名家を継いだランツ。

「まあまあ、落ち着いて下さい」

「七光の餓鬼は黙りなさい」

　ヒムラーに一蹴され消沈。同じ七大名家とは言えど世代交代直後の七光に発言する余地は無く、当然名家以外が口を挟む事も恥ずべきとされた。

「そう煽るなヒムラー。俺にも今のでは理解し得ぬ」

「ロード隊長まで。失礼致しました。単純な話です、既に総統は命じられた。しかし此度は戦ではありません、故に信念で該当し動くべきは【忠義】を掲げた名家」

「何だと！　私にルシフェル様を殺せと？」

「掲げた信念は何処へ？　総統は命じられておられるのですよ？　名落ちですな」

　エンデは俯き唾を飲む。

「ヒムラーさん、儂からも一つ宜しいだろうか？」

口を開いたヴァサゴに鬼気として
「ハイドリヒ家の付き人風情が、名家の議会であるぞ。立場を弁えろ！　恥を知れ」

当時国民の反発が幾ら強まろうとも名家の立ち位置は不動であり、まして国民の目が届かぬ騎士団内に措いて絶対の権力を有していたのだった。

「エンデよ、やってくれるか？」

「ロード隊長まで、そんな。子を持つ貴方なら気持ちが解る筈でしょう？」

「では掲げた信念を曲げると？」

騎士団の座に就く際、生涯を通して己が信念を掲げ誓う。これを曲げた場合如何なる状況であれ騎士団からは除名され、不名誉の大罪として当人含め一族は皆処刑される。

名家六家と立志伝中の六家、二十四の瞳が沈黙という圧力でエンデを追い込んだ。

「分かりました。第五騎士の名の下に、此度の命を承ります」


「爺や、今日も来たのか」

「坊ちゃま、精が出ますな」

昼下がりのヴェヴェルス城、一人裏庭で木剣を振るい励むルシフェル。

「騎士団は暇なのか？　まあそれなら世界は平和で何よりだ」

「またそんな事を。貴方は生まれ落ちる時代を違えてしまったのですね」

ふと裏庭の茂みが揺らめき、エンデが問う。

「誰だ！」

気配は遠のき去ったようだ。

「ウェイバー先生たちかな」

覚えのある言い回しのルシフェルに
「坊ちゃま、どなたですか？」

「最近剣術や武術を習っている先生だ」

ぶっきら棒に答える。

「まさか名家ですらない、」

「ほうら直ぐそれだ。名家だとか庶民だとかは関係無い、同じ人だろう」

熱く語るルシフェルの姿は眩しく、眼を伏せる。世が違えば良い国を造ったのだろう。

「どうりで国の情勢に御詳しい筈だ。あの者たちから唆されていたと」

「違う、それは違うぞ爺や。武術などは確かにヴァサゴから教われば良いだろう。だが騎士団は人を語らない、視えていない」

我が子ほどの年であるルシフェルに説き伏せられ、頭で正論と理解してしまう自分に迷いを覚えずにはいられなかった。

溜息と沈黙を拭う様にエンデが問う。

「坊ちゃま、この爺やと久し振りに剣術の稽古でも」

「おう、それは楽しそうだな！」

熱く若い情熱が夢中で振るう木剣を鞘で受け流しながら、気付けば滲んでいく姿。

「何だ爺や、泣いているのか？」

「いいえ坊ちゃま、汗のせいでございます」

「そうか。俺も爺やに汗を掻かせるほどに至ったか」

「坊ちゃま、爺やからの助言です。総統への考えを改める事は、」

「愚問だ」

「そうですか、」

木剣を鞘で弾くと一閃、抜いた刀身が情熱を切り裂いた。

「不敬を御許し下さい」


翌日、城に忍び込んだ野盗により兄が殺されたと知らされた妹のイーライは、数ヶ月の間塞ぎ込む。以降警護が強固になりイーライは城から一歩も出る事すら叶わなくなった。

ルシフェルの武術稽古を担当していたヴァサゴも酷く動揺し、現武力政権に迷いを覚え始める。

同門の後輩であるカール・ヴォルフは国に尽くしてきた父の様に慕うヴァサゴの変容に困惑し、貫くべき正義とは何か。これを生涯の命題として追及することを誓う。

同様に騎士団内の多くが迷いを覚えたルシフェル殺しの厳令。特に名家では血族を絶やしてしまう事の重大さを知るだけに、総統の考えが理解出来ずそれぞれが国の未来を案じていた。

この一件を境に、騎士同士の関係性は悪化の一途を辿り、名家世襲の世代交代を早める結果となる。若い騎士たちが台頭し始めると七大名家の威光に影が差し込んだ。

「ハイドリヒ、今の騎士団をどう見る」

老いた創設者の二人は若い世代の勢いに呑まれ始め、先行きに不安を抱いていた。

「我々も潮時ですかな。総統は何と？」

「勝者が正義だ、と述べるのみだ。あの方には最初から力以外に名家も何も無い」

夕暮れのブラック・キャメロット城。差し込んだ西陽が円卓に二人の影を落とす。

「すまないが俺は一足先に引退させてもらう。今の騎士団に俺の居場所はもう無い」

「世襲制度で家名は残せると言えど、確か娘さんはまだ十代でしょう？」

「腐ってもヴィリグード家の跡取り。幼少期から殺しの術を備えさせてはいる。問題は今の流れだと世襲制度へ矛先が向く事だな」

「隊長が今抜けられるなら次期隊長は誰にするつもりで？　儂は受けんぞ」

「だろうな、そう言うだろうと思った。当然レイにはまだ荷が重い。総統の意思を反映させる意味ではエンデ辺りが妥当か」

子の居ないハイドリヒとヒムラーにとっては世襲制度など意味を持たない。ロードが世代交代した時点でひと通り名家は引き継がれた事になる。

「そう言えばまた殺されたらしいな」

「バウアーとニューマンとか言ったか。儂が聞いた限りじゃ惨い死に様だったとか」

「ここに残るお前はしっかり見定めろ。武闘会を待たず騎士になれるのは挿げ替わるいずれかの待機兵。必ず誰かの手の内だ」

待機兵と呼ばれるのは各騎士が有する小隊の兵士たち。討たれた小隊の兵に選択の余地は与えられず、議会で他の騎士が代替を推挙する。

「奴しか居らんじゃろう」


後日議会で決定されたのはヒムラー家お抱えの悪餓鬼で有名なカインとアルフレートの二人だった。ヒムラーは表沙汰に顔を出す事は決して無いが、財力を源に大きなチンピラ組織を暗躍させているとの噂が絶えない。

「ハイドリヒ、性急に事を成さねばならない。俺は今日動くぞ」

「儂にはもう隊長の考えすら、よく分からん。本当にそこまでする必要が有るのじゃろうか?」

「今の流れでただ世襲してみろ、末席に据えられでもしたら創設の名家が名折れだ。実力を知らしめねばならない」

その日の夜、第三騎士ジーモンは円卓に呼び出されロードが息女レイと顔を合わせた。

「こんな夜更けに御呼出しとは。一抹の不安を覚えずにいられませんが？」

「紹介しよう、娘のレイだ」

「麗しいお嬢様だ、初めまして第三騎士の座を拝命しておりますジーモン・フリッチと申します。しかしお見合いをさせに呼ばれた訳では、残念ながら無さそうですね」

殺気立ち銃剣を手に持つレイを前に、ジーモンが抱いた不安は現実となった。

「俺は隊長の座を退く。しかし世襲制度でその座までは引き継げないのだ、解るな？」

ジーモンは笑い出すとレイに向き直る。

「名家の世襲などに興味はありません。私は庶民の出でありながらこの座を勝ち取った、実力でね。……舐めないでいただきたい」

緩んだ頬から一変、苛立ちを露わにしたジーモンは腰から大小二本の歪な剣を取り構えた。

「我が家に伝わるディマカエリの妙技、不本意ながら麗しの貴女へ手向けます」

ジーモンが斬りかかろうと踏み出したその脚は、溜息に留まる。

「……美しく、ありませんね。貴方たちに美学は無いのですか？」

円卓の広い議会、幾つも立ち並ぶ大きな柱の陰からロードの小隊兵が現れ包囲し銃口を向ける。ジリジリと距離を狭め放つが先か先端に付いたナイフで裂かれるが先か。ジーモンの間合いに入った刹那、一方に背を向け切りかかる背中を銃弾が貫いた。懸念からか着て来た分厚い鎧も虚しく、爆発的に破壊力を高められた近代兵器が容易に砕き足を止める。

六発の凶弾により撃ち砕かれたプライドは不様にも剣戟を鈍らせ、その手はやがて剣の重量さえ支えられなくなるとロードが手を挙げる。

「その辺でいい。後はレイ、出来るな」

「はい。お父様」

レイは瀕死のジーモンに飛び掛かると銃剣の剣先で露わになった皮膚を何度も突き刺し抉り

続ける。赤く滲む世界の中でジーモンは化け物の嗤い声を揺籃歌に逝った。

円卓の脇には夥しい鮮血と肉片が飛び散り、掲げた信念に反する変わり果てた亡骸が佇む。証人として最後の散り際に呼ばれた名家の騎士たちは一様に絶句し、レイの第三騎士襲名を認めるしかなかった。

「良くやった、レイ」

「ありがとうございます。お父様」

ハイドリヒは俯き、ヒムラーは訝し気に娘の頭を撫でながら微笑むロードを見ていた。他三家の七光がレイの狂気に怯える中、エンデは未だ心此処に非ず。眠れぬ夜を過ごし掲げた忠義の重責に苛まれていた。

明日からは半ば強制的に隊長の座を拝命するのだ。責任はさらに増すが裏を返せば、総統に直接目通りが叶い意見を交わせるという事。二度とあのような発令を総統にさせまいと心に誓ったのだった。

第一部　完

鬼ヶ島戦記 外伝　第二部　名家廃絶の乱

「カイン聞いたかよ？　ジーモンさんの代替、十七の女だって」

アルフレートは幼少期からスラムで共に過ごしてきた友の部屋を訪ねると楽しそうに捲し立てる。

「ロード元隊長の娘で、いきなり第三騎士だって」

「女の騎士？　まあ適当に持ち上げとけよ」

気怠そうにソファーへ寝そべったまま答えた。

「まだ子供のくせに滅茶苦茶強いらしい」

カインは起き上がると座りなおし
「強い？　笑わせるなよ」

「だってさ、立ち会った騎士が、」

「名家の奴等だろ？　いつまでも世襲制度に頼ってやがる屑共だ。信用出来るかよ！」

言い放つとカインは再び横になり煙草に火を点ける。

「強さはともかくとして、かなりの美人らしいよ?」

「アル、お前なぁ……」

ノックの音に二人は顔を向けると周囲を気にしながらヒムラーが室内へ入って来た。

「お疲れ様です!」

カインは飛び起き、二人して一礼する。その日暮らしに身を窶し、有名な悪餓鬼として名を馳せていた二人。ある日スラム街を訪れたヒムラーに実力を見込まれ当時、第七騎士の座にあったヒムラーの有する親衛隊に名を列ねると待機兵として日の目を待ちわびていたのだった。

先日ようやく待ち望んだ機会が巡って来ると立志伝中の六家の内、レーベンとラインハルトを討ち果たし晴れて推挙されたのだ。

「ああ、座っていい」

二人はソファーに並んで座り、向かいの広いソファーを空けた。

「第三騎士代替の件はもう耳に入っているな?」

二人は大きく頷いて見せた。

「前任のジーモンの亡骸には些か疑念を覚えるのだ」

「と、言いますと?」

カインが聞き返す。

「レイとか言う小娘の狂乱振りは理解したが果たして、腐っても第三騎士の座に就いたあのジーモンを獲れるとはどうにも思えん」

顔を見合わせた二人、今度はアルが聞き返す。

「閣下は御覧になられていたのでは？」

「名家に立ち合いの召集が掛かったのは事後かもしれん。我々が到着し目にしたのは狂った小娘が亡骸へと刃を立てる姿だけだ」

「他の者或いは複数に殺させた後の可能性があると？」

カインの問いに小さく頷き、続ける。

「遺体の確認は行われず、包囲していた元隊長の小隊がすぐに片付けた。この上なく怪しい」

煙草を要求され慌ただしく手渡すとカインはヒムラーが咥えた煙草に火を点けながら
「つまり、俺らにどうしろと？」

鼻から大きく煙を吐き、ほくそ笑むと
「先ずロードを殺せ。そして名家廃絶を唱え暴れるんだ」


陽が沈みかけの夕刻、陰る円卓には十二の騎士たち。隊長を拝命したエンデが口を開く。

「本日の議題は空座となった一議席を巡る推挙の有無を求めてのものだ。私が座していた第五騎士に推挙する者は在るか？」

暫しの沈黙をハイドリヒが破る。

「誰も居らんようなら、ウチの若いので血気盛んな奴が居るんじゃが、どうかの？」

怪訝そうにヒムラーが答える。

「こっちにも推挙したい者はまだ居るぞ」

「ヒムラー、貴様は二人も推挙したばかりじゃろう」

「筋肉馬鹿に貴重な上位席を譲る位ならと思いましてな」

「何じゃと？　貴様は牛耳りたいだけじゃろうが」

二人の言い争いをエンデが収める。

「二人とも、その辺で。私が思うに創設のハイドリヒが推挙を認めたいと思うが？」

「エンデ隊長、あんたはまだ若いから、」

エンデはヒムラーを睨むように見据え
「僭越ながらもう隊長でな、反論があると言うのなら騎士の座を賭して明瞭かつ端的に確固たるその理由を述べよ」

「……失礼致しました」

エンデの厳しい問いかけにヒムラーは不満を露わにしつつも謝意を述べた。騎士団に属する以上、進行や方向性に措いて隊長は絶対の権威を持っており、有事の議決以外明確な叛意に対し除名を命ずる事も出来る。

「ではハイドリヒの推挙を認める事に他、異存は無いか？」

皆一様に首を振り議決に至った。

「但し、ヒムラーの意見にも一理ある。裁定者としてランツ、貴公には悪いが上席を賭けて勝負に興じて欲しい」

「畏まりました」

槍術対槍術の死闘を繰り広げ、辛うじて勝利を掴み取ったのは推挙された男だった。

喉元に突きつけられた鋭利な先端を前に膝をつき、エッカルト・ランツは敗北を宣言。

「参りました」

「流石は英雄仕込みの槍術ですね」

「ありがとうございます」

ハイドリヒやヴァサゴを師と仰ぐカールは、若くして武の才を二人に認めさせた道場きっての逸材であった。立会人のエンデが割って入り告げる。

「そこまで。これよりカール・ヴォルフを騎士と認め、第四騎士の座に任命する」

「謹んで拝命致します」

カールはヴァサゴに肩を抱かれ喜びを分かち合いながらハイドリヒに礼を述べる。同じく立ち合いを眺めていたヒムラーは踵を返し不満げにその場を後にしたのだった。

「お前たち、ロードを殺す準備は出来た。今夜出来るな？」

「はい、問題ありません」

ブラック・キャメロット城の暗い一室。カインたちはヒムラーの指示通りヴィリグード家の包囲作戦を確認していた。

「パリッチさん、最終確認ですが賛同していただけるんすよね？」

「ああ。散々庶民上がりを馬鹿にされて、名家たちにはもう嫌気が差していたんだ。声を掛けてくれてカイン君には感謝している」

カインに賛同し名家廃絶を誓った第八騎士のパリッチ。ここから騎士団解体へのカウントダウンが始まったのだ。

郊外にあるヴィリグード家の敷地。歴史は古く名家の中でも唯一ヴァルマイ時代よりも前から続く家名だ。

巨大な家の庭を三騎士の小隊が包囲したまま待機、カインは呼び鈴を押す。ヒムラーから事前にレイの事で至急相談があると連絡を受け、秘匿事項の為、人払いを求められていたロードは一人だった。

「誰だ、お前たちは？」

招かれざる客に語気を強め問うが、見覚えのある顔に不安の色が濃くなる。

「お前は、パリアッチか？」

怒りを露わにしたパリッチが前に出る。

「ふざけるな、散々人を馬鹿にして」

三人の様相に察したロードは扉を叩き
「ヒムラーの企てか。奴はルシフェル様を殺す虚偽の算段に加担してやった恩を忘れたか」

憤るロードに構わずカインは切り出した。

「御老体、一つ確認したい。第三騎士襲名の際に偽りは何も無かったか？」

唾を呑むロード。改まってカインに問う。

「だったら何だ、俺を誰だと思って、」

「聖槍騎士の名の下に粛清する」

カインの号令に応え二人の騎士が後方から銃を乱射、包囲していた兵士たちが一斉に火を放つと郊外に佇む名家の荘厳な歴史は一晩で灰燼に帰した。


「あの女は何処に？」

翌日カインは議会の後小声でヒムラーに尋ねる。

「総統の所だろう。年のくせに酷く小娘にご執心らしい」

「総統と？　我々は大丈夫なのですか？」

「案ずるな。小娘を殺す事まで叶わずとも最早、名家の名折れは確実。放っておけ」

此度の議題は立志伝中の騎士が確固足る証拠を元にロードを討ち取った事実について話し合われた。

娘であるレイの不在も在り、名家と意見は対立するが横並び六票ずつで議決に至らず、最終的には隊長であるエンデが総統に問う形で一旦は閉会した。

後日総統の意思を窺いに居城を尋ねるエンデはヴェヴェルス城の最上階に居た。

「失礼致します」

総統はここ数日、滅多に寝室から出てこなくなっており執事たちからも不安の声が出ていたのだった。

「エンデか。何の用だ？」

早く出て行けと言わんばかりに、怪訝そうな表情の総統。ベッドから起き上がる際、隣で横たわる裸体のレイに気付いたが、目を伏せ総統だけを見据える。

「お休み時に申し訳ございません。その、立志伝中の騎士が名家に粛清を行った事への御意見を賜りたく」

総統は煙草に火を点けると言い放った。

「名家も糞も無い。強き者が正義だ」

手で出て行くよう促され、エンデは下唇を噛み締めながら退室した。

「失礼致しました」

総統の意思を聞いた円卓は何時にも増して荒れていたが、この日初めてカインが議会で意見を述べた。

「我々は騎士である以上、名家も庶民も無い。強さこそ全て。そういう事でしょ？」

普段は咎めに入る筈のヒムラーが怒らない事へ、他の名家たちは不審を強める。

「これからは名家だとか言う理由だけで議決足らしめる事は出来ない。って感じっすね」

続けるカインに痺れを切らした名家のフェーゲラインとランツ、ローゼンベルクの御三家。激しい言い争いをヴァサゴたちやヒムラーは静観し、エンデはその光景を見つめながら先行きを予見していた。

カインたち三家と名家三家の対立はこの日を境にして完全に敵対し、エンデが危惧した結末に向け足早に進み始める。

最初の犠牲者は気の優しいローゼンベルク家から。六十七になる元当主レーヴェと母を狙われたディーターは、燃え盛る自宅に飛び込むと炎の中で両親の亡骸を抱き遺恨を残したまま焼かれ、死んだ。

激怒したランツとフェーゲラインは一人になったパリッチを狙い、背後から強襲。抵抗する間も無く恨みを一身に受け、遺体には幾つもの風穴が開いていたそうだ。

報復の連鎖が始まり、争い合う四者は議会にも顔を出さなくなる。ハイドリヒやヴァサゴ、カールがエンデに進言するも棄却。総統の意思のままに全ては勝者に委ねられた。

裏で糸を引くヒムラーは、中立を謳いながらランツたちを呼び出したが警戒した両名は姿を見せない。すると強行策を指示し名家の二家一族皆殺しを行わせた。追い詰められた両名は悲壮と怨念に駆られながら山中で自害。これにより十三騎士団は一気に四騎士と三つの名家を失ったのだ。

勝者であるカインとアルフレートは議会での立場を強め、やがて横柄な態度を取る様になったが背後に潜むヒムラーの影は誰もに明白であり、まして総統の意思とあらば咎める事が出来なかった。

名家廃絶を狙うカインたちの次なる目標は第三騎士レイ。勢いに乗った今、ヒムラーは政権を奪おうとさえ画策していたのだ。

「第三騎士レイ、ツラ貸せよ」

「あら、カインじゃない。今度はアタシを殺しに来たのかしら?」

すまし顔のレイに憤るカインは部屋の中へと踏み入るが
「小僧が、大概にせぇ」

室内には予期していたハイドリヒとヴァサゴが待ち構えていた。カインは溜息を吐くとハイドリヒに強気で言い返す。

「御老人、もう貴方がたの時代は終わりですよ? 勝者が全てと総統も言っておられるのですから」

「ならば今すぐ掛かって来んかい!」

ヴァサゴの怒号に身を竦め踵を返すと
「今度は爺様方を籠絡かい。身体の使い方が余程上手いのかね」

カインは吐き捨てると部屋を出て行った。沈黙を掻き消すようにヴァサゴは笑い出し
「小僧は逃げて行きおった。安心せいロード元隊長の御息女。必ず守ってやるわ」

レイは一度微笑んで見せたが、俯き呟いた。

「もう疲れたわ。殺す事しか能の無いアタシを匿い続けてどうするの? 父は弱かったから殺されたのでしょう?」

返す言葉を見出せない二人だったが去り際にヴァサゴが口を開いた。

「戦争はいつか終わる。君はまだ十七じゃ。平和の生き方も模索しとかんとな」

「嫌よ、戦争が終わってしまったら誰もアタシを褒めてくれなくなるじゃない」

ヴァサゴは寂しそうに微笑むとハイドリヒを一瞥し部屋を出る。

「若い世代の思考には着いて行けん」

歩きながら呟くハイドリヒ。

「ありゃあ儂ら世代が造り出してしまった怪物じゃ。あの子に平和というものを教えてやりたい」

「ヴァサゴ、歳喰ったなお前も」

ブラック・キャメロット城の長い廊下を並んで歩く二人の下にエンデの兵士が駆け寄る。

「第二騎士ヴァサゴ・メイアー様、至急円卓へ向かって下さい。隊長が御呼びです」

「何じゃ、また儂だけか？」

「東の防衛線じゃろうな、頼もしい後輩よ頼んだぞ」

「一歳《いっこ》しか違わんくせに」

夕刻が円卓にエンデの影を落としている。

「エンデ隊長、第二騎士参じました」

「すまないヴァサゴよ。東の防衛線だが先程総統の下へ明確に千里馬の遁総書記から宣戦布告があった。これまでの小競り合いでは済まないだろう」

エンデを悩ませているのは当然千里馬の事だけでは無いのだろう。果たして崩壊しつつある今の騎士団でどこまで食い下がれるものか。

「承知しました。早速向かいます」

「すまない、追って援軍を向かわせるが今の状況下でハイドリヒに城を離れられると、」

「問題ありません、儂はまだまだ若いですから」

「助かる。我が小隊と第一騎士小隊を貴公に預けよう」


イーマ大国と千里馬の領土が隣り合わせにある東の防衛線。僅かでも北に行けばそこは北部連合王国が占める領土の為、不用意に戦場を広げる事はどちらにも出来ない。

千里馬は七千の兵を用い第一次侵攻を謀るがイーマ兵僅か二千と第二騎士率いる小隊のみで是を二ヶ月も凌いでいた。間口が狭い事が功を奏したが何よりも対歩兵部隊に敢えて振るうヴァサゴの長槍は圧倒的な恐怖を与え戦意ごと薙ぎ払った。加えて、有する小隊の近代兵器が千里馬の陸戦、空戦兵器を優先的に破壊していくと敵兵の意気は完全に消沈し、第二次進行部隊が送り込まれる事は無かった。

イーマ兵二百名余りの犠牲があったものの大敗を喫した千里馬の被害は甚大で五千人を超える死傷者を出した。三倍の兵力を用いて敗れた千里馬は早々に休戦協定の打診に乗りだしたった二ヶ月の戦争はイーマ大国の完全勝利で幕を下ろす。

国民は三倍の兵力差を物ともせず、勝利をもたらした第二騎士ヴァサゴを国の英雄と崇め同時に聖槍騎士団の軍事力を再認識したのだ。

イラスト／Iris

二ヶ月で英雄に上り詰めたヴァサゴだったが、ブラック・キャメロット城に帰還するとひと息つく暇も無く厳しい現実に晒される。

「戻ったかヴァサゴ。善くやってくれた」

戦場に赴く前よりも幾らか窶れ、老け込んだ様に見えるエンデ。

「いやぁ、隊長の小隊の子らのお陰で。それより隊長の方が余程疲弊して見えますが？」

「帰還して早々にすまない。ハイドリヒが殺された」

「何じゃと？」

「もうひと月になる。戦場の貴公に伝えるべきか迷ってしまってな」

「またカインの餓鬼ですかい？」

一拍間を開けてエンデは背を向けながら
「レイによって討たれた」

何故、と口から出かけたがレイの性格を鑑みても予期出来なかった訳では無く円卓を沈黙が包んでいく。

「それで、今レイは何処に？」

「ヒムラーたちと数日前に城を出た。もう聖槍十三騎士団は終わりだろう」

再び訪れた沈黙はさらに重く、どんな道筋を考察しても結果は同じだった。

「ヴァサゴさん、お疲れ様でした」

沈黙の中をカールが割り入って来る。

「おお、カールか。儂の武勇を聞きに来たのか？」

「それも是非聞きたいですね。でも先ずは隊長に今後の新編成を伺いたい」

召集が掛けられていたのか、無口なデュナミスも円卓に顔を出し皆を一瞥してからエンデが語り始めた。

「周知の通り聖槍騎士団はもうここに居る四名のみだ。先日総統に直談判しに行ったヒムラーたちが何を伝えたかは知らんが本日新編成が通達された」

エンデは四つ折りの紙を胸元から取り出すと円卓に置く。皆は顔を寄せ合い内容を確認した。

「何じゃあこりゃあ、儂はお払い箱か？」

しかめ面のヴァサゴにエンデは伝える。

「ヴァサゴは大きな戦果を挙げた。自身で配属を決めて良いと、総統からだ」

「しかしなぁ、行き先が四つも在っては決めかねる」

新編成は総統直下の親衛隊、その下にＥＳＺという行動部隊。首都に居城を持たず戦争を見据えてか東側防衛線近くに構えるＴ・Ｂ隊、最後が化学兵器研究所とある。

「これだけ見たんじゃ儂には何とも」

「何と、自分はＴ・Ｂ隊の将軍ですか？」

驚いた様子のカールだが、響きに悪い気はしていないのだろう表情は明るい。

「ほう、将軍とはやるじゃないか」

ヴァサゴにも弟子の出世は喜ばしい。

「私はこのまま親衛隊の隊長兼副総統だそうだが、字面通りに受け取っていい訳ではあるまい。何より気になるのは、」

徐にエンデが指先を落としたのは研究所の人事だった。

「ヒムラーとレイが？　これは、」

「ああ、イーライ様もだ。どう思う？」

「儂には研究だの頭使う事なんてのはよく判りませんが、イーライ様だけはこの命に代えても守らにゃあならん。師の復讐心は無いが、よし決めた！」

小さく頷くヴァサゴにカールは問う。

「国の英雄が国を離れるのですか？　それに北緯約八十八度って何処ですか？」

エンデが割って入る。

「明確な位置は示されていない。軍事機密だそうだ」

「カール、お前はもう一人前だ。お前の掲げた信念は正義じゃろう。確とその目で貫いて見せい」

「ヴァサゴさん……」

「儂はもう年じゃ、隠居暮らしにはちと寒そうじゃがなあ」

「変な口癖引き継がないで下さいよ」

笑みを零すヴァサゴをエンデは見つめながら
「私の直下にまた悪餓鬼が一人。ヒムラーと引き剥がせるのはいいが狙いは一体」

「副総統じゃと言うのに情報が回って来ないのですかい」

「先が思いやられる。しかしヴァサゴが研究所に行ってくれるなら心強い。何故か私の娘まで配属されていてな」

エンデは肩を落とし落胆したように溜息を吐いた。

「隊長の娘さんが？　安心して下さい。信念に基づいてしっかり守ってみせます」

「助かるよ。この所、預言書とやらに心酔していてね。ルシフェル様の一件以降もう何年も親としての責任を果たせていない、向き合えなくなってしまったんだ」

「隊長は命令に従っただけなのでは？　正義はイーマに在ります！」

エンデとヴァサゴは猛るカールの顔を見つめ

「お前はまだ若い。お前なりの正義を見つけるんじゃ」

一人円卓に座していたデュナミス。エンデは気遣う様に語りかける。

「デュナミス、貴公も研究所配属だな。すまんが娘を気に掛けてやってくれ」

「承知しました」

千里馬との戦争は休戦に至れたとは言え、イーマが行ってきた非人道的な行いに世間は纏まりつつある。追い詰められた国政に匙を投げ部屋に籠る総統。エンデが危惧する結末はすぐそこまで迫っていた。

第二部　完

著者略歴

最上　終（もがみ・しゅう）

新潟県生まれ、千葉県育ち。高校を中退後、リゾートホテルに就職。
支配人まで務め、退社後に起業するも失敗。
27歳で多額の負債を抱え、自殺を試みる。
しかし、動物たちの癒しに心を救われ、世界に様々な想いを伝える為、筆を執る。

鬼ヶ島戦記 —Record of Onigashima War—

2020年11月6日　第1刷発行

著　者　最上　終
発行人　大杉　剛
発行所　株式会社 風詠社
〒553-0001 大阪市福島区海老江5-2-2
大拓ビル5 - 7階
Tel 06（6136）8657　https://fueisha.com/
発売元　株式会社 星雲社
（共同出版社・流通責任出版社）
〒112-0005 東京都文京区水道1-3-30
Tel 03（3868）3275
印刷・製本　シナノ印刷株式会社

ISBN978-4-434-28124-2 C0093